고려대 재미있는 한국어

高麗大學韓國語中心　編著

國立政治大學韓國語文學系　朴炳善、陳慶智　博士　翻譯、中文審訂

瑞蘭國際

책을 내며

고려대학교 한국어센터는 1986년 설립된 이래 한국어와 한국 문화를 재미있게 배우고 효과적으로 가르치는 방법을 연구해 왔습니다. 《고려대 한국어》와 《고려대 재미있는 한국어》는 한국어센터에서 내놓는 세 번째 교재로 그동안 쌓아 온 연구 및 교수 학습의 성과를 바탕으로 하고 있습니다.

이 책의 가장 큰 특징은 한국어를 처음 접하는 학습자도 쉽게 배워서 바로 사용할 수 있도록 구성했다는 점입니다. 한국어 환경에서 자주 쓰이는 항목을 최우선하여 선정하고 이 항목을 학습자가 교실 밖에서 사용할 수 있도록 연습 기회를 충분히 그리고 다양하게 제공하고 있습니다.

이 책을 내기까지 많은 분들의 도움을 받았습니다. 먼저 지금까지 고려대학교 한국어센터에서 한국어를 공부한 학습자들께 감사드립니다. 쉽고 재미있는 한국어 교수 학습에 대한 학습자들의 다양한 요구가 없었다면 이 책은 나오지 못했을 것입니다. 그리고 한국어 학습자들의 요구에 부응하기 위해 열정적으로 교육과 연구에 헌신하고 계신 고려대학교 한국어센터의 선생님들께도 감사드립니다.

무엇보다 한국어 학습자와 한국어 교원의 요구 그리고 한국어 교수 학습 환경을 종합적으로 고려한 최상의 한국어 교재를 위해 밤낮으로 고민하고 집필에 매진하신 고려대학교 국어국문학과 김정숙 교수님을 비롯한 저자분들께 깊은 감사를 드립니다. 이 밖에도 이 책이 보다 멋진 모습을 갖출 수 있도록 도와주신 고려대학교 출판문화원의 윤인진 원장님과 직원 여러분께도 감사드립니다. 그리고 집필진과 출판문화원의 요구를 수용하여 이 교재에 맵시를 입히고 멋을 더해 주신 랭기지플러스의 편집 및 디자인 전문가, 삽화가의 노고에도 깊은 경의를 표합니다.

부디 이 책이 쉽고 재미있게 한국어를 배우고자 하는 한국어 학습자와 효과적으로 한국어를 가르치고자 하는 한국어 교원 모두에게 도움이 되기를 바랍니다. 또한 앞으로 한국어 교육의 내용과 방향을 선도하는 역할도 아울러 할 수 있게 되기를 희망합니다.

2019년 7월

국제어학원장 박성철

이 책의 특징

고려대학교 한국어센터의 새 교재는 《고려대 한국어》와 《고려대 재미있는 한국어》 두 종으로 개발됐습니다. '형태를 고려한 과제 중심 접근 방법'에 따른 것으로 《고려대 한국어》는 언어 기능과 언어 항목이 통합된 교재이고, 《고려대 재미있는 한국어》는 말하기, 듣기, 읽기, 쓰기 활동의 기능 교재입니다.

《고려대 한국어》가 100시간 분량, 《고려대 재미있는 한국어》가 100시간 분량의 교육 내용을 담고 있어 200시간의 정규 교육 과정에서는 두 권을 병행하여 사용하면 됩니다. 한국어 1급 수준에서 실제적인 말하기, 듣기, 읽기, 쓰기 능력을 높이고자 하면 《고려대 재미있는 한국어》를 사용하면 됩니다.

《고려대 재미있는 한국어》의 특징

▶ **한국어를 처음 배우는 학습자도 쉽게 배울 수 있습니다.**

- 한국어 표준 교육 과정에 맞춰 성취 수준을 낮췄습니다. 핵심 표현을 정확하고 유창하게 사용하는 것이 목표입니다.
- 제시되는 언어 표현을 통제하여 과도한 입력의 부담 없이 주제와 의사소통 기능에 충실할 수 있습니다.
- 알기 쉽게 제시하고 충분히 연습하는 단계를 마련하여 학습한 내용의 이해에 그치지 않고 바로 사용할 수 있습니다.

▶ **학습자의 동기를 이끄는 즐겁고 재미있는 교재입니다.**

- 한국어 학습자가 가장 많이 접하고 흥미로워하는 주제와 의사소통 기능을 다룹니다.
- 한국어 학습자의 특성과 요구를 반영하여 명확한 제시와 다양한 연습 방법을 마련했습니다.
- 한국인의 언어생활, 언어 사용 환경의 변화를 발 빠르게 반영했습니다.
- 친근하고 생동감 있는 삽화와 입체적이고 감각적인 디자인으로 학습의 재미를 더합니다.

《고려대 재미있는 한국어 1》의 구성

▶ **말하기 20단원, 듣기 10단원, 읽기 10단원, 쓰기 12단원으로 구성하였으며 한 단원은 내용에 따라 1~4시간이 소요됩니다.**

▶ **각 기능별 단원 구성은 아래와 같습니다.**

말하기	도입	배워요	말해요	자기 평가
	학습 목표 생각해 봐요	주제, 기능 수행에 필요한 어휘와 문법 제시 및 연습	• 형태적 연습/유의적 연습 • 의사소통 말하기 과제 • 역할극/짝 활동/게임 등	

듣기	들어 봐요	들어요 1	들어요 2~3	자기 평가	더 들어요
	학습 목표 음운 구별	어휘나 표현에 집중한 부분 듣기	주제, 기능과 관련된 다양한 듣기		표현, 기능 등이 확장된 듣기

읽기	도입	읽어요 1	읽어요 2~3	자기 평가	더 읽어요
	학습 목표 생각해 봐요	어휘나 표현에 집중한 부분 읽기	주제, 기능과 관련된 다양한 읽기		표현, 기능 등이 확장된 읽기

쓰기	도입	써요 1	써요 2	자기 평가
	학습 목표	어휘나 표현에 집중한 문장 단위 쓰기	주제, 기능에 맞는 담화 차원의 쓰기	

▶ **교재의 앞부분에는 '이 책의 특징'을 배치했고, 교재의 뒷부분에는 '정답'과 '듣기 지문', '어휘 찾아보기', '문법 찾아보기'를 부록으로 넣었습니다.**

- 부록의 어휘는 단원별 어휘 모음과 모든 어휘를 가나다순으로 정렬한 두 가지 방식으로 제시했습니다.
- 부록의 문법은 단원별 문법 목록을 제시했습니다.

▶ **모든 듣기는 MP3 파일 형태로 내려받아 들을 수 있습니다.**

《고려대 재미있는 한국어 1》의 목표

일상생활에서의 간단한 의사소통을 할 수 있습니다. 인사, 일상생활, 물건 사기, 하루 일과, 음식 주문, 휴일 계획, 날씨 등에 대해 이야기할 수 있습니다. 일상생활을 표현하는 기본 어휘와 한국어의 기본 문장을 이해하고 사용할 수 있습니다.

本書的特點

高麗大學韓國語中心開發了《新高麗大學韓國語》與《新高麗大學有趣的韓國語》兩本全新的教材。教材編撰時考量其個別形態，並且遵循以課題為中心的方法，將教材分為整合語言機能與語言項目的《新高麗大學韓國語》，以及以聽、說、讀、寫活動機能為主的《新高麗大學有趣的韓國語》。

《新高麗大學韓國語》與《新高麗大學有趣的韓國語》各包含了100小時的學習內容，可在200小時的正規教育課程中同時使用這兩本教材。若想在1級的韓語水準實際提高聽、說、讀、寫能力，可使用《新高麗大學有趣的韓國語》。

《新高麗大學有趣的韓國語》的特點

▶ **韓語初學者也能輕易學習。**

- 配合韓語標準教育課程降低了難度，能夠正確且流暢地運用核心表現為本書的目標。
- 控管語言表現的呈現方式，減少過度灌輸的負擔，從而將重點集中在主題與溝通的機能上。
- 以淺顯易懂的方式呈現，並透過充分的練習，讓學習者不會只停留在內容的理解上，而是能夠馬上活用。

▶ **能誘發學習動機，且生動、有趣的教材。**

- 涵蓋韓語學習者最常接觸、有趣的主題及溝通能力。
- 反映韓語學習者的特性與需求，安排了明確的說明與多樣的練習方法。
- 迅速地反映韓國人的語言生活與語言使用環境的變化。
- 採用貼切生動的插畫與立體直覺的設計，讓學習增添趣味。

《新高麗大學有趣的韓國語1》的結構

▶ **本教材由20個口說單元、10個聽力單元、10個閱讀單元、12個寫作單元所組成。每個單元依據內容的不同，需花費1～4個小時。**

▶ **聽說讀寫各單元的結構如下。**

口說	導入 學習目標 請想想看	請學一學 提示完成主題與機能時所需的語彙及文法，並進行練習。	請說一說 ・形態練習/有意義的練習 ・口說溝通的課題 ・角色扮演/兩人一組活動/遊戲等	自我評價	
聽力	請聽聽看 學習目標 辨別音韻	請聽一聽 1 著重於語彙或表現部分的聽力	請聽一聽 2～3 與主題、機能相關的多樣聽力	自我評價	請再聽一聽 將表現、機能等延伸之聽力
閱讀	導入 學習目標 請想想看	請讀一讀 1 著重於語彙或表現部分的閱讀	請讀一讀 2～3 與主題、機能相關的多樣閱讀	自我評價	請再讀一讀 將表現、機能等延伸之閱讀
寫作	導入 學習目標	請寫一寫 1 著重於語彙或表現部分的句型寫作	請寫一寫 2 與主題、機能相符的句組寫作	自我評價	

▶ **本教材的前方安排了「本書的特點」，教材後方放入了「正確答案」、「聽力腳本」、「語彙索引」、「文法索引」等附錄。**

- 附錄中的語彙以單元彙整與字母順序排列等兩種方式呈現。
- 附錄中的文法以單元文法目錄的方式呈現。

▶ **所有的聽力內容皆可以MP3的格式下載聆聽。**

《新高麗大學有趣的韓國語1》的目標

能夠在日常生活中進行簡單的溝通。能談論打招呼、日常生活、買東西、一天的作息、點餐、假日計畫、天氣等話題。能理解並使用表現日常生活的基本語彙與韓語中的基本句型。

이 책의 특징 本書的特點

말하기

단원 제목 單元的題目

- 단원의 제목입니다.
  單元的題目。

학습 목표 學習目標

- 단원의 의사소통 목표입니다.
  單元的溝通目標。

생각해 봐요 請想想看

- 그림이나 사진을 보며 단원의 주제 또는 기능을 생각해 봅니다.
  請看著圖片或照片，想想單元的主題或機能。

배워요 請學一學

- 단원의 주제를 표현하거나 의사소통 기능을 수행하는 데 필요한 어휘나 문법 항목입니다.
  表現單元主題或執行溝通機能時所需的語彙或文法項目。

말하기 8
단위 명사 單位名詞
단위 명사를 사용해 말할 수 있다.
생각해 봐요
● 다음 사진을 보세요. 어떻게 말해요?
請看以下的照片，該如何說呢？

배워요
1 다음 표현을 배워요.
請學一學以下的表現。

48 고려대 재미있는 한국어 1

말해요 2 請說一說 2

- 의사소통 목표를 달성하기 위한 말하기 과제 활동입니다.
  為了達成溝通目標而進行的口說課題活動。
- 이야기하기, 역할극, 게임 등의 다양한 활동을 통해 말하기 능력을 키웁니다.
  透過對話、角色扮演、遊戲等多樣的活動培養口說能力。

자기 평가 自我評價

- 학습 목표의 달성 여부를 학습자가 스스로 점검합니다.
  學習者自行檢測自己是否已達成學習目標。

말해요 2
1 여러분 방을 소개하세요.
請介紹一下各位的房間。
1) 여러분의 방을 그리세요.
請畫出各位的房間。
2) 방에 무엇이 있어요? 무엇이 없어요? 어디에 있어요? 다음과 같이 이야기하세요.
房間裡有什麼？沒有什麼？在哪裡？請照著以下的範例說一說。
여기는 내 방이에요.
내 방에 침대하고 책상하고 의자가 있어요.
⋮
내 방에 대해 이야기할 수 있어요? ☆☆☆☆☆
58 고려대 재미있는 한국어 1

말해요 1

1 다음과 같이 이야기하세요.
請照著以下的範例說一說。

말하기 8_단위 명사 49

말해요 1 請說一說 1

- '배워요' 단계에서 학습한 어휘 및 문법 표현을 숙달하기 위한 말하기 연습 활동입니다.
  為了熟悉在「請學一學」階段中學到的語彙及文法表現而進行的口說練習活動。

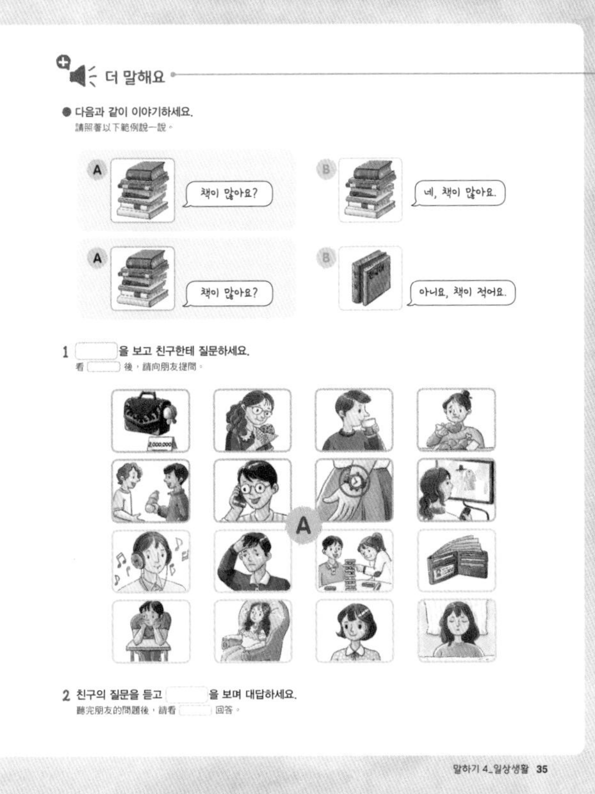
더 말해요

● 다음과 같이 이야기하세요.
請照著以下範例說一說。

1 ［ ］을 보고 친구한테 질문하세요.
看［ ］後，請向朋友提問。

2 친구의 질문을 듣고 ［ ］을 보며 대답하세요.
聽完朋友的問題後，請看［ ］回答。

말하기 4_일상생활 35

더 말해요 請再說一說

- 확장된 말하기 과제 활동입니다. 실제적이고 유의미한 맥락에서 의사소통 목적에 초점을 두고 말하기를 수행합니다.
  延伸的口說課題活動。將焦點放在溝通的目的上，於實際且具意義的場景中進行口說。
- 게임, 역할극 등으로 활동 유형이 다양하게 제시되며 짝 활동, 소그룹 활동, 교실 밖 활동 등으로 활동 방식의 변화를 주어 진행합니다.
  提示遊戲、角色扮演等多樣的活動類型，透過兩人一組活動、小組活動、課外活動等方式變化進行。
- 교육 과정이나 학습자 수준에 따라 선택적으로 활동을 니다.
  根據教育課程或學習者的水準選擇性地進行活動。

이 책의 특징 本書的特點

듣기

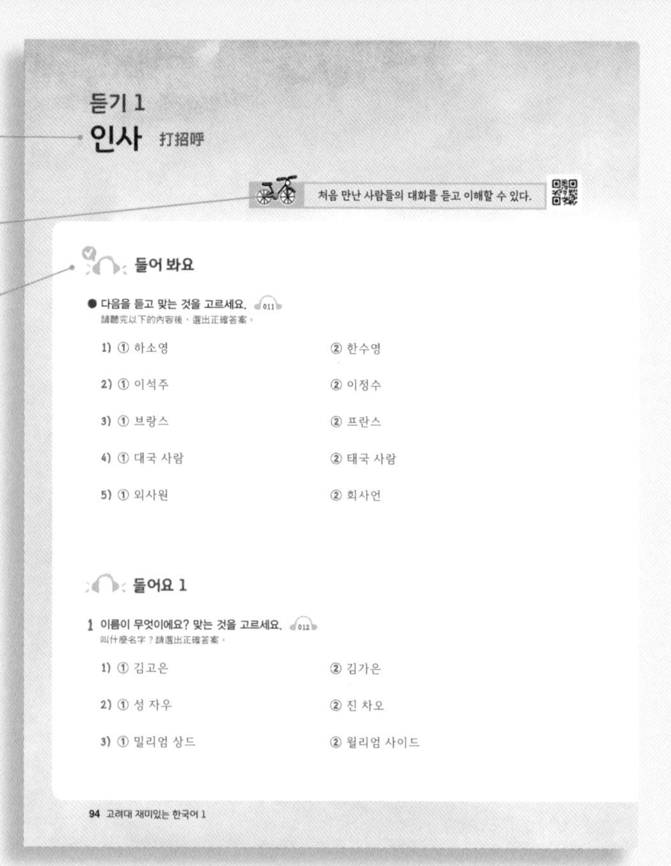
듣기 1
인사 打招呼
처음 만난 사람들의 대화를 듣고 이해할 수 있다.

들어 봐요

● 다음을 듣고 맞는 것을 고르세요. 011
請聽完以下的內容後，選出正確答案。

1) ① 하소영 ② 한수영
2) ① 이석주 ② 이정수
3) ① 브랑스 ② 프란스
4) ① 대국 사람 ② 태국 사람
5) ① 외사원 ② 회사언

들어요 1

1 이름이 무엇이에요? 맞는 것을 고르세요. 012
叫什麼名字？請選出正確答案。

1) ① 김고은 ② 김가은
2) ① 성 자우 ② 진 차오
3) ① 밀리엄 상드 ② 윌리엄 사이드

94 고려대 재미있는 한국어 1

단원 제목 單元的題目

- 단원의 제목입니다.
  單元的題目。

학습 목표 學習目標

- 단원의 의사소통 목표입니다.
  單元的溝通目標。

들어 봐요 請聽一聽

- 음운에 초점을 둔 듣기 연습 활동입니다.
  將焦點放在音韻的聽力練習活動。

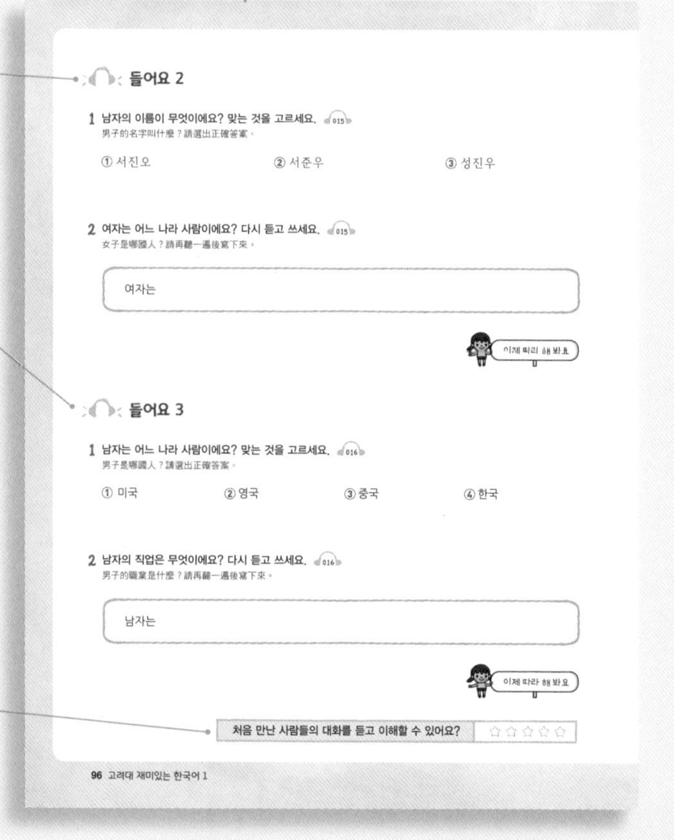
들어요 2

1 남자의 이름이 무엇이에요? 맞는 것을 고르세요. 015
男子的名字叫什麼？請選出正確答案。

① 서진오 ② 서준우 ③ 성진우

2 여자는 어느 나라 사람이에요? 다시 듣고 쓰세요. 015
女子是哪國人？請再聽一遍後寫下來。

여자는

이제 따라 해 봐요

들어요 3

1 남자는 어느 나라 사람이에요? 맞는 것을 고르세요. 016
男子是哪國人？請選出正確答案。

① 미국 ② 영국 ③ 중국 ④ 한국

2 남자의 직업은 무엇이에요? 다시 듣고 쓰세요. 016
男子的職業是什麼？請再聽一遍後寫下來。

남자는

이제 따라 해 봐요

처음 만난 사람들의 대화를 듣고 이해할 수 있어요? ☆☆☆☆☆

96 고려대 재미있는 한국어 1

들어요 2 請聽一聽 2

- 단원의 주제와 기능이 구현된 의사소통적 듣기 과제 활동입니다.
  具體呈現單元主題與機能的溝通性聽力課題活動。
- 담화 단위의 듣기입니다.
  以句組為單位的聽力。

들어요 3 請聽一聽 3

- 단원의 주제와 기능이 구현된 담화 단위의 의사소통적 듣기 과제 활동입니다.
  在具體呈現單元主題與機能的句組中進行溝通性聽力課題活動。
- 들어요 2와 3은 대화 상황, 참여자, 격식 등에 차이를 두었습니다.
  請聽一聽2與3在對話情境、參與者與格式上進行了區分。

자기 평가 自我評價

- 학습 목표의 달성 여부를 학습자가 스스로 점검합니다.
  學習者自行檢測自己是否已達成學習目標。

2 어느 나라 사람이에요? 맞는 것을 고르세요.
是哪國人？請選出正確答案。

1) 2) 3)

3 직업이 무엇이에요? 맞는 것을 고르세요.
工作是什麼？請選出正確答案。

1) 2) 3)

이제 따라 해 봐요

듣기 1_인사 95

들어요 1 請聽一聽 1

- 단원의 주제를 표현하거나 기능을 수행하는 데 필요한 어휘 및 문법 표현에 초점을 둔 듣기 연습 활동입니다.
  將焦點放在表現單元主題或執行機能時所需的語彙或文法表現上之聽力練習活動。
- 짧은 대화 단위의 듣기입니다.
  以簡短對話為單位之聽力。

이제 따라 해 봐요 現在請跟著說說看

- 들은 내용을 따라 하면서 자연스럽게 표현을 익힙니다.
  請跟著聽到的內容讀，自然而然地熟悉表現方式。

더 들어요

● 다음을 듣고 쓰세요.
請聽完以下的內容後寫下來

정세진
한국어 선생님
고트라
캐나다

듣기 1_인사 97

더 들어요 請再聽一聽

- 확장된 듣기 과제 활동입니다.
  延伸的聽力課題活動。
- 주제와 기능이 달라지거나 실제성이 강조된 듣기입니다.
  強調主題與機能的變化或更實際的聽力。
- 단원의 성취 수준을 다소 상회하는 수준의 듣기로 단원의 목표에는 포함되지 않습니다.
  聽力的難度略高於單元設定的水準，因此不包含在單元的目標內。
- 학습자 수준에 따라 선택적으로 활동을 합니다.
  根據學習者的水準選擇性地進行活動。

읽기

단원 제목 單元的題目

- 단원의 제목입니다.
  單元的題目。

학습 목표 學習目標

- 단원의 의사소통 목표입니다.
  單元的溝通目標。

생각해 봐요 請想想看

- 그림이나 사진을 보며 단원의 주제 또는 기능을 생각해 봅니다.
  請看著圖片或照片，想想單元的主題或機能。

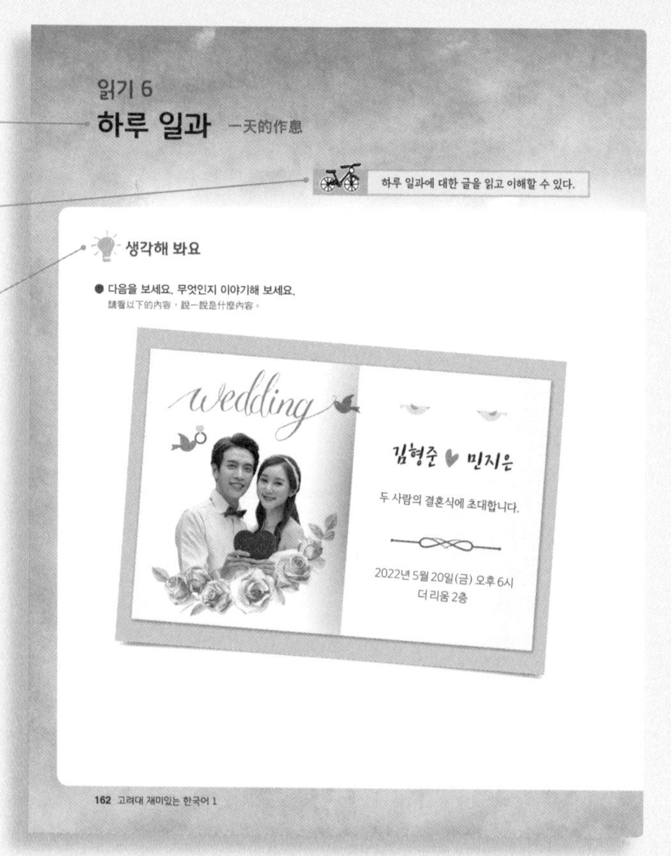

읽기 6

하루 일과 一天的作息

하루 일과에 대한 글을 읽고 이해할 수 있다.

생각해 봐요

● 다음을 보세요. 무엇인지 이야기해 보세요.
請看以下的內容，說一說是什麼內容。

162 고려대 재미있는 한국어 1

읽어요 2, 3 請讀一讀 2、3

- 단원의 주제와 기능이 구현된 의사소통적 읽기 과제 활동입니다.
  具體呈現單元主題與機能的溝通性閱讀課題活動。
- 담화 단위의 읽기입니다.
  以句組為單位的閱讀。
- 읽어요 2와 3은 담화의 중심 내용이나 세부 내용, 필자의 태도, 격식 등에 차이를 두었습니다.
  請讀一讀2與3在句組的中心內容、細部內容、筆者的態度與格式上進行了區分。

자기 평가 自我評價

- 학습 목표의 달성 여부를 학습자가 스스로 점검합니다.
  學習者自行檢測自己是否已達成學習目標。

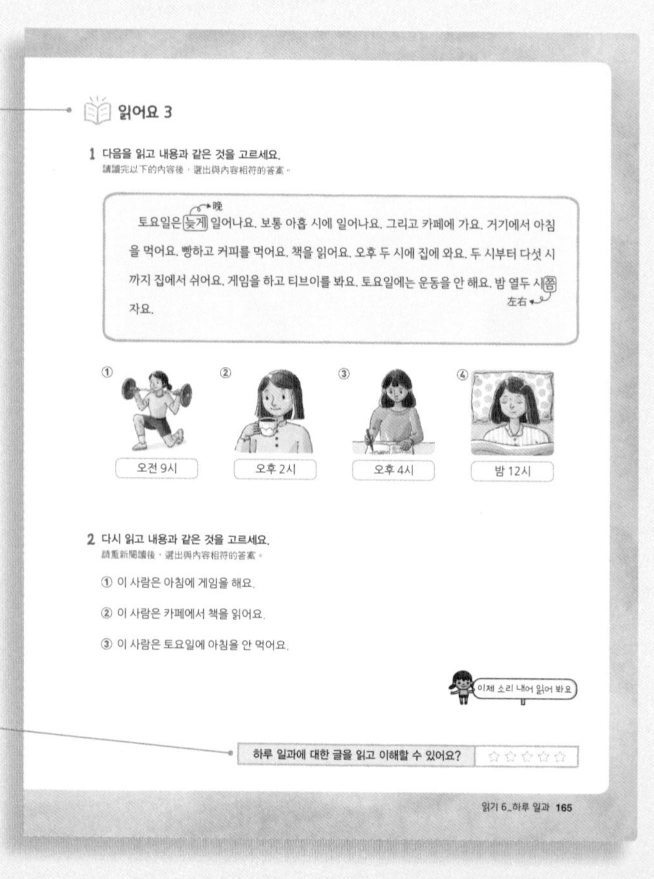

읽어요 3

1 다음을 읽고 내용과 같은 것을 고르세요.
請讀完以下的內容後，選出與內容相符的答案。

토요일은 늦게(晚) 일어나요. 보통 아홉 시에 일어나요. 그리고 카페에 가요. 거기에서 아침을 먹어요. 빵하고 커피를 먹어요. 책을 읽어요. 오후 두 시에 집에 와요. 두 시부터 다섯 시까지 집에서 쉬어요. 게임을 하고 티브이를 봐요. 토요일에는 운동을 안 해요. 밤 열두 시쯤(左右) 자요.

① 오전 9시 ② 오후 2시 ③ 오후 4시 ④ 밤 12시

2 다시 읽고 내용과 같은 것을 고르세요.
請重新閱讀後，選出與內容相符的答案。

① 이 사람은 아침에 게임을 해요.

② 이 사람은 카페에서 책을 읽어요.

③ 이 사람은 토요일에 아침을 안 먹어요.

하루 일과에 대한 글을 읽고 이해할 수 있어요?	☆☆☆☆☆

읽기 6_하루 일과 165

읽어요 1

1 다음 문장을 읽고 그림과 같으면 ○, 다르면 ×에 표시하세요.
請讀完以下的句子後，與圖片相同的話請標示 ○，不同的話請標示 ×。

1) 열한 시 이십 분이에요. 

○ ×

2) 지금 여섯 시 일 분이에요.  ○ ×

3) 삼월 삼 일 열 시에 시작해요. 

○ ×

2 다음 시간표를 보고 질문에 답하세요.
請看完以下的時間表後，回答問題。

1교시	09:00~09:50
2교시	10:00~10:50
3교시	11:10~12:00
4교시	12:10~13:00

1) 1교시 수업이 몇 시에 시작해요?

2) 4교시 수업이 몇 시에 끝나요?

읽기 6_하루 일과 163

읽어요 1 請讀一讀 1

- 단원의 주제를 표현하거나 기능을 수행하는 데 필요한 어휘 및 문법 표현에 초점을 둔 읽기 연습 활동입니다.
  將焦點放在表現單元主題或執行機能時所需的語彙或文法表現上之閱讀練習活動。
- 짧은 문장 단위의 읽기입니다.
  以短句為單位之閱讀。

더 읽어요

● 다음을 읽고 내용과 같으면 ○, 다르면 ×에 표시하세요.
請讀完以下的內容後，與內容相同的話請標示 ○，不同的話請標示 ×。

저는 올해 유월에 한국에 왔어요. 그때 한국 친구 집에서 살았어요. 친구 집은 크고 좋아요. 냉장고, 에어컨도 있었어요. 그런데 학교에서 많이 멀었어요. 집에서 학교까지 두 시간쯤 걸렸어요. 너무 힘들었어요. 그래서 지난달에 이사를 했어요. 지금 집은 작아요. 에어컨도 없어요. 그렇지만 학교에서 가까워서 좋아요.

1) 이 사람은 집이 작아서 이사를 했어요. ○ ×

2) 이 사람은 처음에 친구 집에서 살았어요. ○ ×

읽기 7_한국 생활 171

더 읽어요 請再讀一讀

- 확장된 읽기 과제 활동입니다.
  延伸的閱讀課題活動。
- 주제와 기능이 달라지거나 실제성이 강조된 읽기입니다.
  強調主題與機能的變化或更實際的閱讀。
- 단원의 성취 수준을 다소 상회하는 수준의 읽기로 단원의 목표에는 포함되지 않습니다.
  閱讀的難度略高於單元設定的水準，因此不包含在單元的目標內。
- 학습자 수준에 따라 선택적으로 활동을 합니다.
  根據學習者的水準選擇性地進行活動。

쓰기

단원 제목 單元的題目

- 단원의 제목입니다.
  單元的題目。

학습 목표 學習目標

- 단원의 의사소통 목표입니다.
  單元的溝通目標。

써요 1 請寫一寫 1

- 단원의 주제를 표현하거나 기능을 수행하는 데 필요한 어휘 및 문법 표현에 초점을 둔 쓰기 연습 활동입니다.
  將焦點放在表現單元主題或執行機能時所需的語彙或文法表現上之寫作練習活動。
- 짧은 문장 단위의 쓰기입니다.
  以短句為單位之寫作。

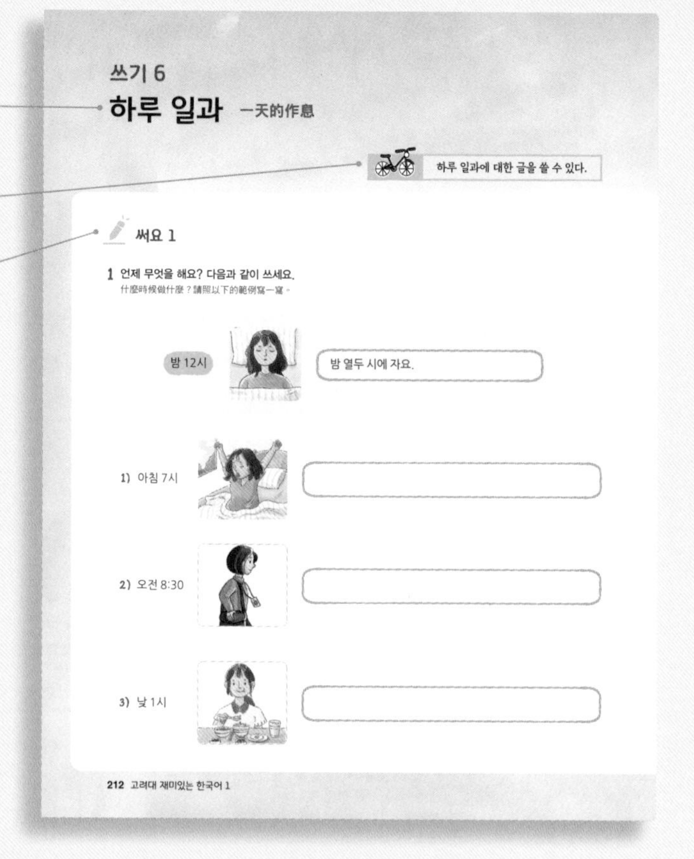

쓰기 6
하루 일과 一天的作息
하루 일과에 대한 글을 쓸 수 있다.
써요 1
1 언제 무엇을 해요? 다음과 같이 쓰세요.
什麼時候做什麼？請照以下的範例寫一寫。
밤 12시 밤 열두 시에 자요.
1) 아침 7시
2) 오전 8:30
3) 낮 1시
212 고려대 재미있는 한국어 1

쓰기 종합 綜合寫作

- 담화의 형태적, 내용적 긴밀성에 초점을 둔 쓰기 과제 활동입니다.
  將焦點放在句組形態與內容間緊密性的寫作課題活動。

써요 1 請寫一寫 1

- 문장과 문단의 구성 방식에 초점을 둔 쓰기 또는 의미와 기능이 유사한 부사, 조사, 어미 등의 쓰임을 구별하기 위한 쓰기 연습 활동입니다.
  將焦點放在句子與段落組成方式的寫作，或是為了區別意義與機能類似的副詞、助詞、語尾等用法而進行的寫作練習活動。

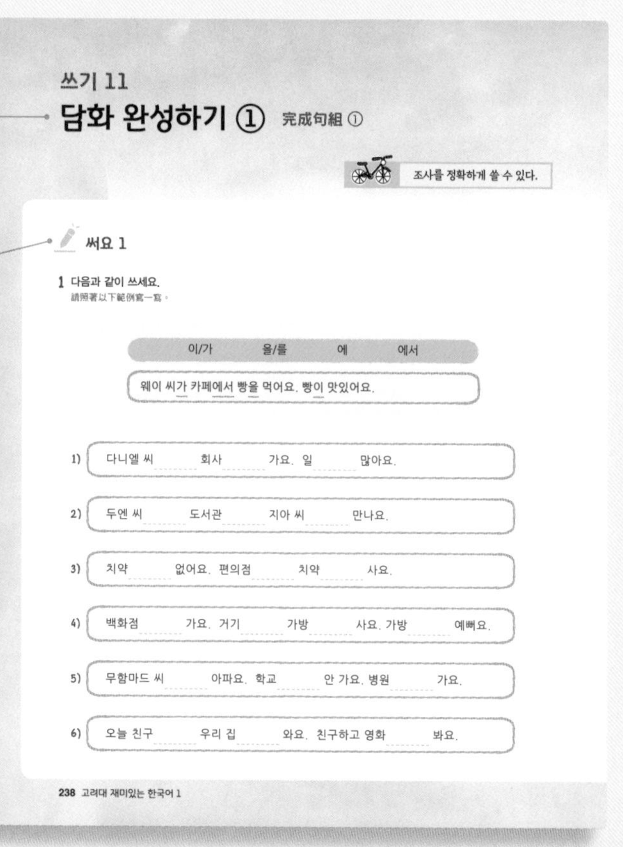

쓰기 11
담화 완성하기 ① 完成句組 ①
조사를 정확하게 쓸 수 있다.
써요 1
1 다음과 같이 쓰세요.
請照著以下範例寫一寫。
이/가 을/를 에 에서
웨이 씨가 카페에서 빵을 먹어요. 빵이 맛있어요.
1) 다니엘 씨 회사 가요. 일 많아요.
2) 두엔 씨 도서관 지아 씨 만나요.
3) 치약 없어요. 편의점 치약 사요.
4) 백화점 가요. 거기 가방 사요. 가방 예뻐요.
5) 무함마드 씨 아파요. 학교 안 가요. 병원 가요.
6) 오늘 친구 우리 집 와요. 친구하고 영화 봐요.
238 고려대 재미있는 한국어 1

써요 2

● 다음 그림을 보고 일상생활을 소개하는 글을 쓰세요.
請看完以下的圖片後，寫一篇介紹日常生活的文章。

1 그림을 보고 다음에 대해 생각해 보세요.
請看完圖片後，思考看看以下的提問。

1) 두엔 씨는 무엇을 해요?

2) 두엔 씨는 누구하고 해요?

2 생각한 것을 글로 쓰세요.
請將思考的內容寫成一篇文章。

일상생활을 소개하는 글을 쓸 수 있어요? ☆☆☆☆☆

쓰기 2_일상생활 | 197

써요 2 請寫一寫 2

- 단원의 주제와 기능이 구현된 의사소통적 쓰기 과제 활동입니다.
  具體呈現單元主題與機能的溝通性寫作課題活動。
- 담화 단위의 쓰기로 담화의 내용을 유도하는 단서를 이용해 쓰기를 합니다.
  寫作以句組為單位，利用引導句組內容的線索進行寫作。

자기 평가 自我評價

- 학습 목표의 달성 여부를 학습자가 스스로 점검합니다.
  學習者自行檢測自己是否已達成學習目標。

3 다음 빈칸에 알맞은 표현을 쓰세요.
請在以下的空格中填上合適的表現。

웨이 씨____ 공항____ 가요. 친구____ 오늘 한국____ 와요.

공항____ 커요. 사람____ 아주 많아요.

웨이 씨는 공항____ 친구____ 만나요.

친구하고 식당____ 가요. 거기____ 한국 음식____ 먹어요.

써요 2

● 다음 그림을 보고 다니엘 씨의 하루를 소개하는 글을 쓰세요.
請看完以下圖示後，寫一篇介紹丹尼爾一天作息的短文。

1 그림을 보고 다음에 대해 생각해 보세요.
請看完圖示後，思考看看以下的提問。

1) 다니엘 씨는 오늘 어디에 갔어요?

240 고려대 재미있는 한국어 1

써요 2 請寫一寫 2

- 형태적, 내용적 긴밀성을 갖춘 담화의 산출을 목표로 하는 쓰기 과제 활동입니다.
  以寫出具備形態與內容緊密性的句組為目標，進行寫作課題活動。

차례 目錄

말하기

듣기

읽기

쓰기

부록

말하기

口說

말하기 1

한국어 수업 韓語課

한국어 수업에서 자주 쓰는 표현을 말할 수 있다.

생각해 봐요

● 다음 사진을 보세요. 이 사람은 무엇을 해요?
請看以下的照片。這個人在做什麼？

배워요

1 다음 표현을 배워요.
請學一學以下的表現。

1)

2)

3)

들으세요.
請聽一聽。

4)

……
……
이야기하세요.
請說一說。

5)

책을 펴세요.
請翻開書。

6)

가 나 다 라
칠판을 보세요.
請看黑板。

7)

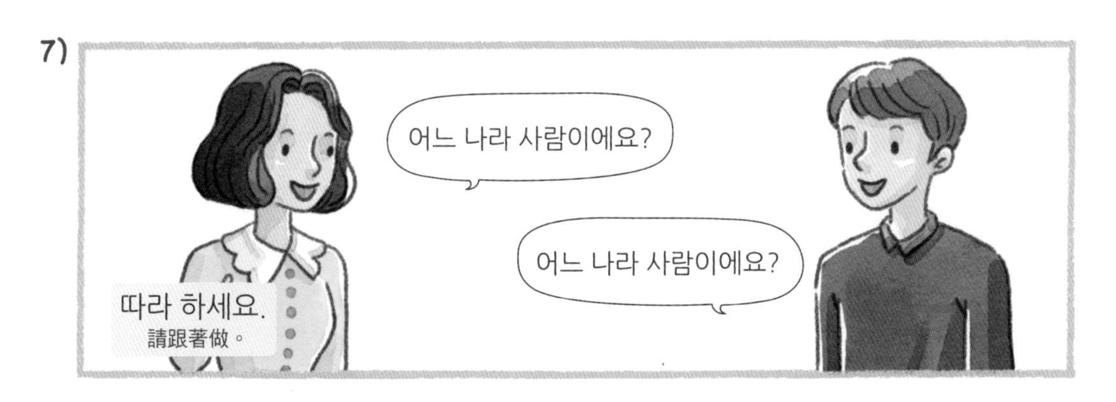
어느 나라 사람이에요?
어느 나라 사람이에요?
따라 하세요.
請跟著做。

8)

어느 나라 사람이에요?
대만 사람이에요.
대답하세요.
請回答。

9)

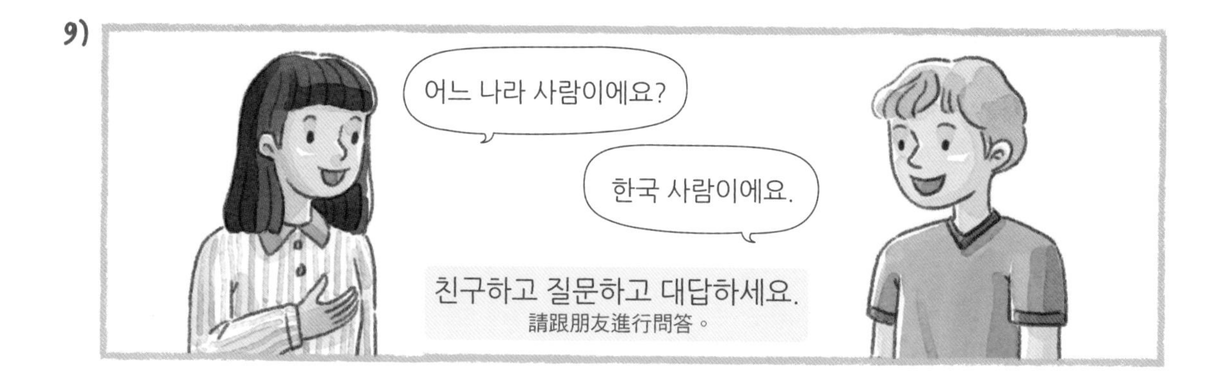

10)

말해요

1 다음 그림을 보고 이야기하세요.

請看以下的圖片說一說。

1)

2)

3)

4)

5)

2 **배운 표현을 친구한테 말하세요. 친구가 말하면 그대로 행동하세요.**
請用學過的表現跟朋友說一說。請按照朋友說的話去做。

한국어 수업에서 자주 쓰는 표현을 말할 수 있어요?	☆☆☆☆☆

말하기 2

인사 打招呼

한국어로 인사할 수 있다.

생각해 봐요

● 다음 사진을 보세요. 이 사람들은 무엇을 해요?
請看以下的照片。這些人在做什麼？

배워요

1 다음 표현을 배워요.
請學一學以下的表現。

1)

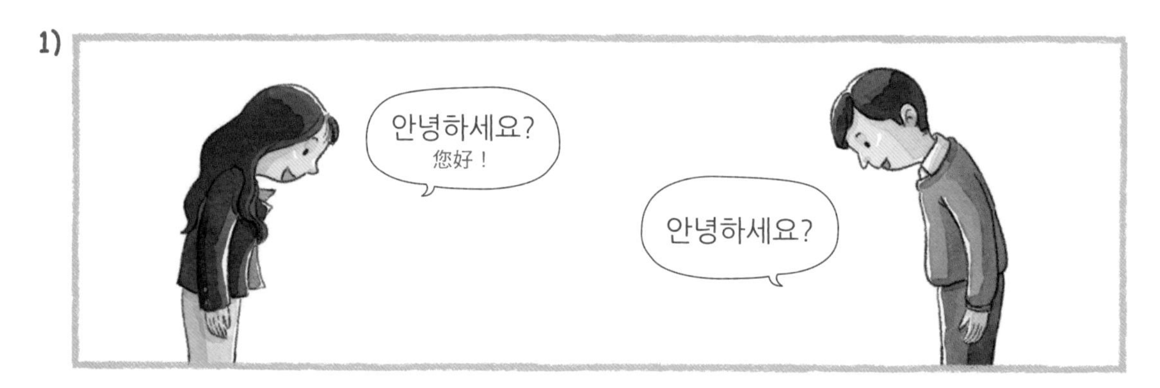

2)

안녕히 계세요.
再見。
안녕히 가세요.
再見（請慢走）。

3)

도와줄까요?
需要幫忙嗎？
고마워요.
謝謝。

4)

미안해요.
對不起。
괜찮아요.
沒關係。

5)

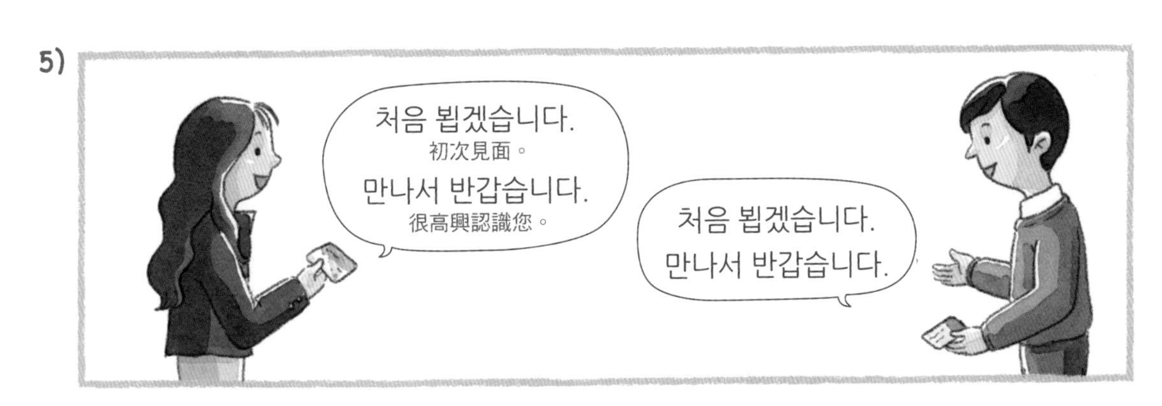

처음 뵙겠습니다.
初次見面。
만나서 반갑습니다.
很高興認識您。
처음 뵙겠습니다.
만나서 반갑습니다.

6)

7)

8)

9)

말해요

1 다음 그림을 보고 이야기하세요.

請看以下的圖片說一說。

1)

2)

3)

4)

5)

6)

2 오늘부터 한국어로 인사하세요.

從今天起請用韓語打招呼。

한국어로 인사를 할 수 있어요?	☆☆☆☆☆

말하기 3

자기소개 自我介紹

자기소개를 할 수 있다.

말해요 1

1 다음과 같이 이야기하세요.
請照著以下的範例說一說。

• 일상 대화에서는 '무엇이에요?'를 '뭐예요?'로 말해요.
在日常對話中常將「무엇이에요?」說成「뭐예요?」。

말해요 2

1 다음 표현을 배워요.
請學一學以下的表現。

나라 + 에서 왔어요

2 다음과 같이 이야기하세요.
請照著以下的範例說一說。

가 어느 나라 사람이에요?
나 칠레 사람이에요.

가 어디에서 왔어요?
나 칠레에서 왔어요.

말해요 3

1 다음 표현을 배워요.
請學一學以下的表現。

2 **다음과 같이 이야기하세요.**
請照著以下的範例說一說。

가　직업이 뭐예요?

나　저는 회사원이에요.

1) 

2) 

3) 

4) 

5) 

6) 

7) 

8) 

말해요 4

1 **다른 반 친구를 만나서 자기소개를 하세요.**
請與別班的同學見面並自我介紹。

자기소개를 할 수 있어요?	☆ ☆ ☆ ☆ ☆

더 말해요

● 다음 사람이 되어 친구하고 이야기하세요.
請扮成以下的人，跟朋友聊一聊。

이현수
한국
대학생

노엘라
프랑스
가수

하리마
이집트
회사원

에밀리아
호주
배우

아흐마드
사우디아라비아
의사

빌궁
몽골
요리사

패트릭
캐나다
운동선수

사야카
일본
주부

흐엉
베트남
경찰

후안
페루
선생님

말하기 4

일상생활 日常生活

일상생활에 대해 묻고 대답할 수 있다.

말해요

1 다음과 같이 이야기하세요.
請照著以下的範例說一說。

가 뭐 해요?

나 티브이를 봐요.

- '무엇을 해요?'는 일상 대화에서 '뭐 해요?'로 말해요.
「무엇을 해요?」在日常對話中常說成「뭐 해요?」。

2 **여러분은 지금 무엇을 해요? 친구하고 이야기하세요.**
各位現在在做什麼？請跟朋友聊一聊。

3 **다음과 같이 이야기하세요.**
請照著以下的範例說一說。

가 책이 어때요?
나 재미있어요.

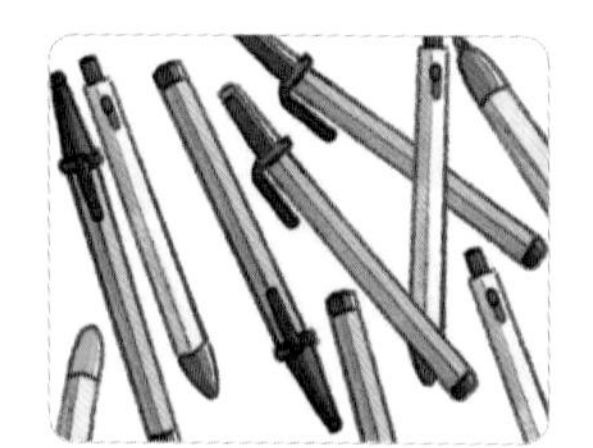

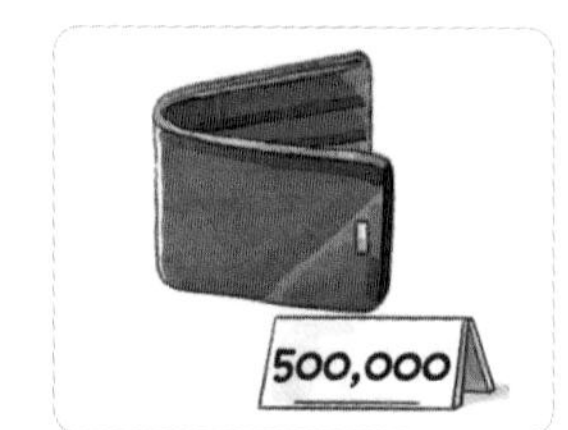

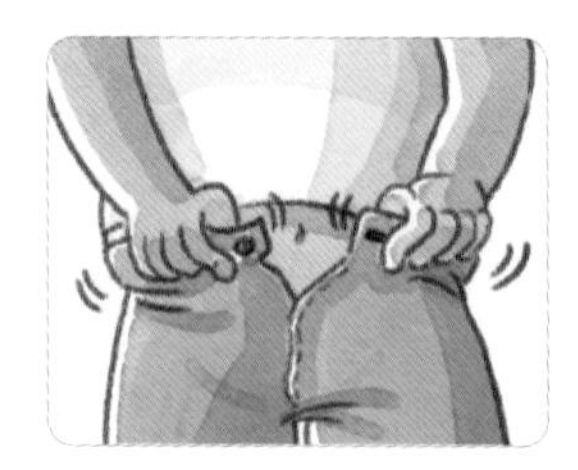

4 **여러분의 교실, 물건은 어때요? 친구하고 이야기하세요.**
各位的教室、物品如何？請跟朋友聊一聊。

일상생활에 대해 묻고 대답할 수 있어요?	☆ ☆ ☆ ☆ ☆

더 말해요

● 다음과 같이 이야기하세요.

請照著以下範例說一說。

1 [ ] 을 보고 친구한테 질문하세요.

看 [ ] 後，請向朋友提問。

2 친구의 질문을 듣고 [ ] 을 보며 대답하세요.

聽完朋友的問題後，請看 [ ] 回答。

● 다음과 같이 이야기하세요.
請照著以下的範例說一說。

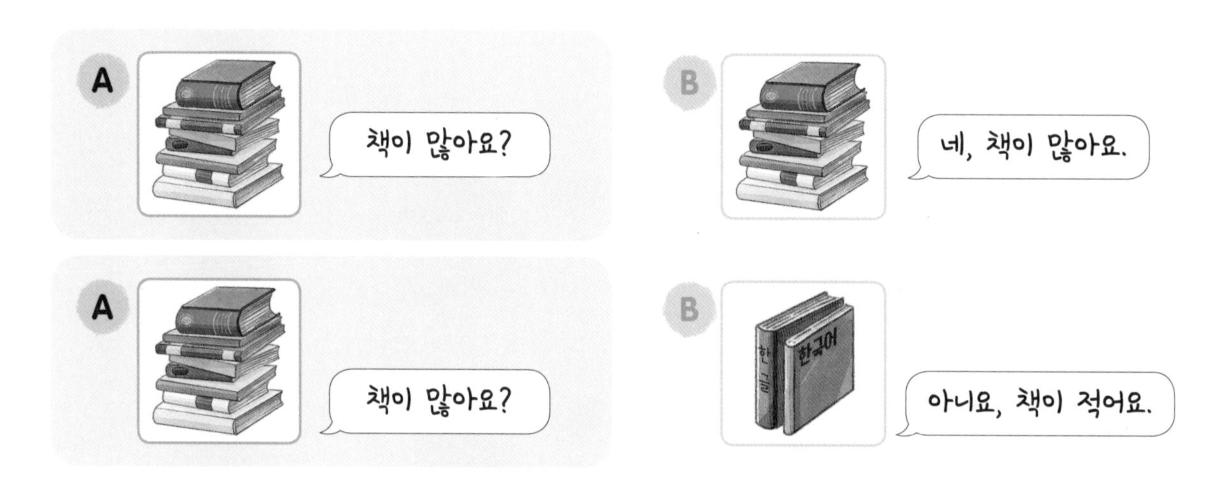

1 친구의 질문을 듣고 ▭ 을 보며 대답하세요.
聽完朋友的提問後，請看 ▭ 回答。

2 ▭ 을 보고 친구한테 질문하세요.
看 ▭ 後，請向朋友提問。

말하기 5
지시어 指示語

지시어를 사용해 묻고 대답할 수 있다.

생각해 봐요

● 다음 그림을 보세요. 이 사람들은 무슨 이야기를 해요?
請看以下的圖示，這些人在聊什麼？

배워요

1 다음 표현을 배워요.
請學一學以下的表現。

• 사람을 물을 때는 '누구예요?'로 말해요.
詢問是誰的時候用「누구예요?」提問。

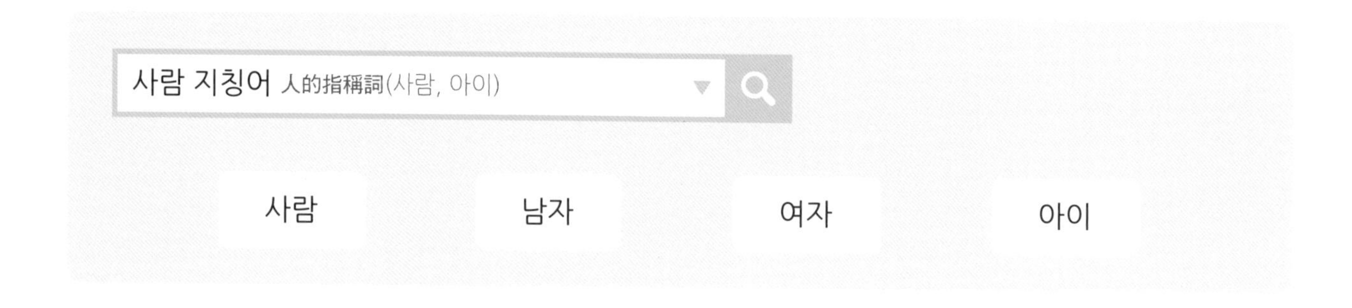

1) 가 저 여자가 지아 씨예요?
나 네, 맞아요.
맞다 正確、對

2) 가 선생님, 이 사람이 다니엘 씨예요.
나 만나서 반가워요, 다니엘 씨.

2 다음 표현을 배워요.

請學一學以下的表現。

1) 가 저게 뭐예요?
나 시계예요.

2) 가 그거 커피예요?
나 아니요, 이거 물이에요.

- 일상 대화에서 '이것'은 '이거'로, '이것이'는 '이게'로, '이것은'은 '이건'으로, '이것을'은 '이걸'로 말해요.
  日常對話中，常將「이것」說成「이거」，「이것이」說成「이게」，「이것은」說成「이건」，「이것을」說成「이걸」。

3 다음 표현을 배워요.
請學一學以下的表現。

- '의'는 뒤의 명사가 앞의 명사의 소유이거나 뒤의 명사가 앞의 명사에 소속됨을 나타내요. 일상 대화에서는 생략되는 경우가 많아요. '나의'는 '내', '저의'는 '제'로 줄여 사용해요.
  「의」表現後一名詞為前一名詞所有，或後一名詞屬於前一名詞，在日常對話中省略的情況較為普遍。「나의」縮寫成「내」，「저의」縮寫成「제」來使用。
  선생님의 물 → 선생님 물　　나의 책 → 내 책　　저의 가방 → 제 가방

1) 가 이 우산 두엔 씨 거예요?
나 아니요, 웨이 씨 우산이에요.

2) 가 이 아이가 무함마드 씨 딸이에요? (딸 → 女兒)
나 네, 맞아요.

말해요 1

1 다음과 같이 이야기하세요.
請照著以下的範例說一說。

2 다음과 같이 이야기하세요.
請照著以下的範例說一說。

3 다음과 같이 이야기하세요.
請照著以下的範例說一說。

지시어를 사용해 묻고 대답할 수 있어요?	☆ ☆ ☆ ☆ ☆

말하기 6
숫자 數字

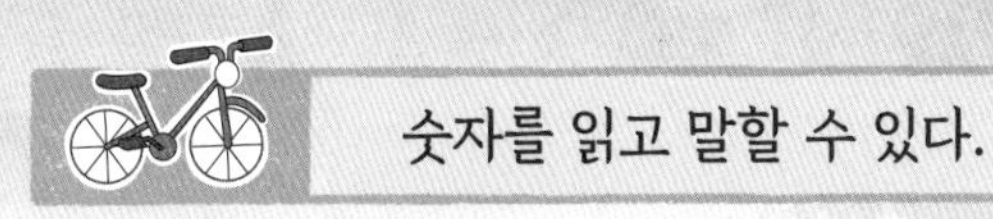

생각해 봐요

● 모두 얼마예요? 다음 숫자를 말하세요.
一共是多少錢？請說出以下數字。

135,120원

말해요 1

1 다음과 같이 이야기하세요.
請照著以下的表格說一說。

1,234			1 천	2 이백	3 삼십	4 사
12,345		1 만	2 이천	3 삼백	4 사십	5 오
123,456	1 십	2 이만	3 삼천	4 사백	5 오십	6 육

1)	8						8
2)	43					4	3
3)	607				6	0	7
4)	9,031			9	0	3	1
5)	12,185		1	2	1	8	5
6)	310,914	3	1	0	9	1	4

2 다음 숫자를 읽으세요.

請讀出以下的數字。

1) 93

2) 305

3) 711

4) 4,200

5) 6,034

6) 15,500

7) 87,243

8) 110,650

9) 343,120

3 친구하고 숫자를 말하세요.

請跟朋友說一說數字。

A 1) 다음 숫자를 친구한테 말하세요.

請對朋友說出以下的數字。

① 37	② 490	③ 2,169	④ 8,502
⑤ 10,443	⑥ 51,030	⑦ 219,600	⑧ 706,250
⑨	⑩	⑪	⑫
⑬	⑭	⑮	⑯

2) 친구가 말하는 숫자를 듣고 쓰세요.

請聽朋友說的數字，並將它們寫下來。

①	②	③	④
⑤	⑥	⑦	⑧
⑨	⑩	⑪	⑫
⑬	⑭	⑮	⑯

B **1)** 친구가 말하는 숫자를 듣고 쓰세요.
請聽朋友說的數字，並將它們寫下來。

①	②	③	④
⑤	⑥	⑦	⑧
⑨	⑩	⑪	⑫
⑬	⑭	⑮	⑯

2) 다음 숫자를 친구한테 말하세요.
請對朋友說出以下的數字。

① 61	② 350	③ 2,248	④ 7,096
⑤ 20,343	⑥ 83,000	⑦ 129,750	⑧ 913,400
⑨	⑩	⑪	⑫
⑬	⑭	⑮	⑯

4 **'3 · 6 · 9' 게임을 알아요? 친구들하고 같이 하세요.**
各位知道「3、6、9」遊戲嗎？請跟朋友一起玩一玩。

숫자를 읽고 말할 수 있어요?	☆ ☆ ☆ ☆ ☆

말하기 7

전화번호 電話號碼

전화번호를 묻고 대답할 수 있다.

생각해 봐요

● 다음을 보세요. 전화번호를 어떻게 읽을까요?
請看以下的內容，電話號碼要怎麼讀？

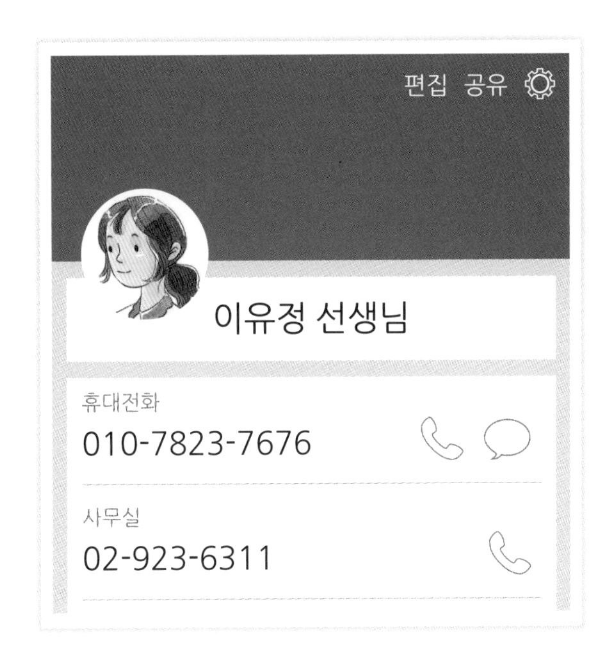

말해요 1

1 전화번호를 읽어요.
請讀出電話號碼。

0	2	-	3	2	9	0	-	4	2	3	0
공	이		삼	이	구	공		사	이	삼	공

공 일 공 육 구 사 삼 의 팔 칠 구 사

- '의'는 [에]로 말해요.
  「의」讀成「에」。

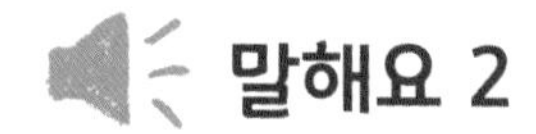

말해요 2

1 다음과 같이 이야기하세요.
請照著以下的範例說一說。

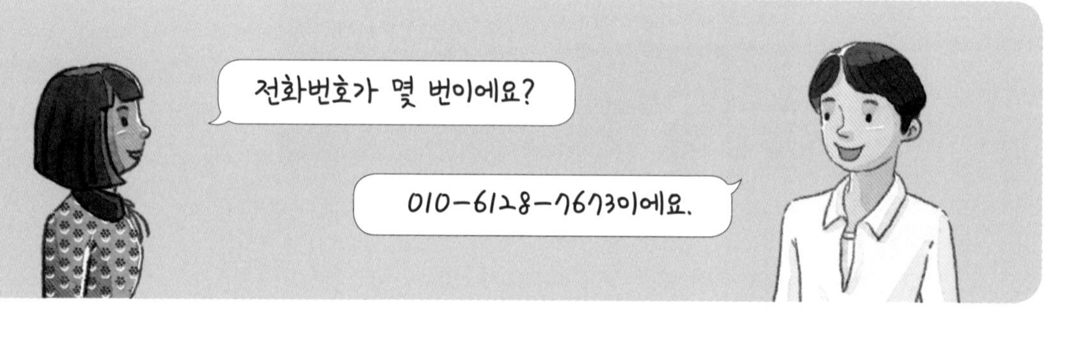

1) 768-8007
2) 3671-0532
3) 02-3449-7139
4) 010-7027-1329

2 친구들한테 전화번호를 물어보세요.
請向朋友問一問電話號碼。

말해요 3

1 다음과 같이 이야기하세요.
請照著以下的範例說一說。

1) 고려식당 2286-0127

2) 고려은행 3701-4225

3) 고려우체국 02-2155-9028

4) 사무실 02-3149-6114

2 한국어 센터 사무실의 전화번호를 물어보세요.
請問一問韓國語中心辦公室的電話號碼。

전화번호를 묻고 대답할 수 있어요? 

말하기 8

단위 명사 單位名詞

단위 명사를 사용해 말할 수 있다.

생각해 봐요

● 다음 사진을 보세요. 어떻게 말해요?
請看以下的照片，該如何說呢？

배워요

1 다음 표현을 배워요.
請學一學以下的表現。

말해요 1

1 다음과 같이 이야기하세요.

請照著以下的範例說一說。

2 다음 그림을 보고 무엇이 얼마나 있는지 묻고 답하세요.

請看以下的圖片，針對什麼東西有多少進行提問和回答。

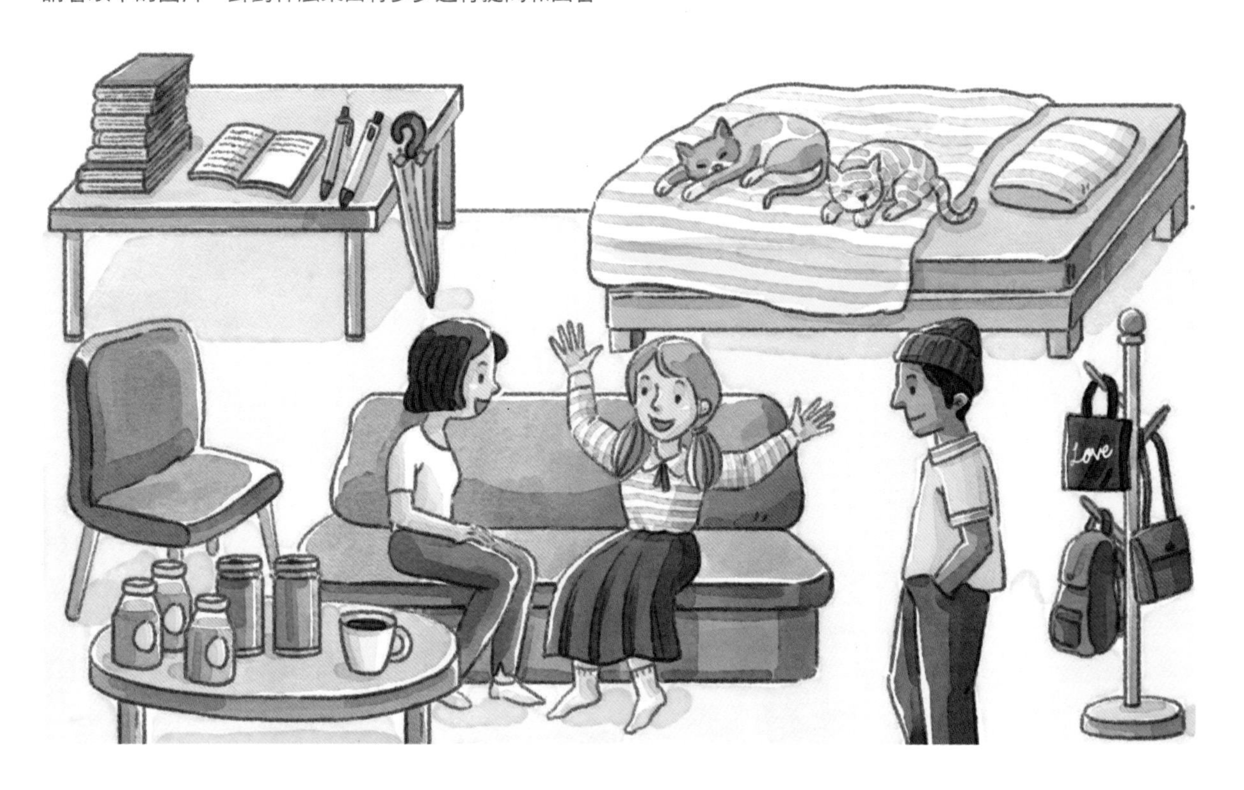

말해요 2

1 다음과 같이 이야기하세요.

請照著以下的範例說一說。

11살	12살	13살	14살	15살
열한 살	열두 살	열세 살	열네 살	열다섯 살
16살	17살	18살	19살	20살
열여섯 살	열일곱 살	열여덟 살	열아홉 살	스무 살
21살	22살	23살	24살	30살
스물한 살	스물두 살	스물세 살	스물네 살	서른 살
40살	50살	60살	70살	80살
마흔 살	쉰 살	예순 살	일흔 살	여든 살

2 친구하고 나이를 묻고 대답하세요.
請跟朋友針對年齡進行提問和回答。

이름	나이

이름	나이

단위 명사를 사용해 말할 수 있어요?	☆☆☆☆☆

말하기 9

위치 位置

물건의 위치를 묻고 대답할 수 있다.

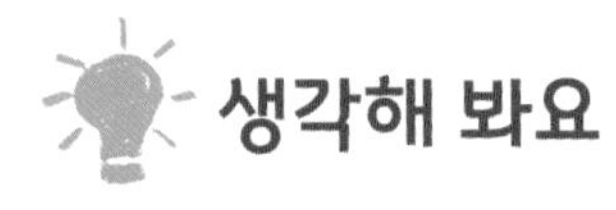

생각해 봐요

● 다음 사진을 보세요. 무엇이 어디에 있어요?
請看以下的照片，什麼東西在哪裡？

배워요

1 다음 표현을 배워요.
請學一學以下的表現。

1) 가 우산이 어디에 있어요?
   나 의자 밑에 있어요.

2) 가 편의점이 어디에 있어요?
   나 저 건물 안에 있어요.
   建築物

사람/물건 이/가 장소 에 있다/없다

말해요

1 다음과 같이 이야기하세요.
請照著以下的範例說一說。

가 휴대폰이 어디에 있어요?

나 컴퓨터 옆에 있어요.

2 교실에 무엇이 있어요? 어디에 있어요? 이야기하세요.
教室裡有什麼？在哪裡？請說一說。

물건의 위치를 묻고 대답할 수 있어요?	☆☆☆☆☆

말하기 10

내 방 我的房間

내 방에 대해 이야기할 수 있다.

생각해 봐요

● 다음 사진을 보세요. 무엇이 있어요? 어때요?

請看以下的照片，都有什麼？如何？

배워요

1 다음 표현을 배워요.
請學一學以下的表現。

말해요 1

1 다음과 같이 이야기하세요.
請照著以下範例說一說。

X

가 방에 책장이 있어요?

나 아니요, 책장이 없어요.

옷장 옆

가 거울이 어디에 있어요?

나 거울이 옷장 옆에 있어요.

1) 옷장
2) 가방
3) 고양이
4) 선풍기
5) 창문
6) 컴퓨터

2 여러분 방에 무엇이 있어요? 무엇이 없어요? 친구하고 이야기하세요.
各位的房間裡都有什麼？沒有什麼？請跟朋友聊一聊。

말해요 2

1 여러분 방을 소개하세요.
請介紹一下各位的房間。

1) 여러분의 방을 그리세요.
請畫出各位的房間。

2) 방에 무엇이 있어요? 무엇이 없어요? 어디에 있어요? 다음과 같이 이야기하세요.
房間裡有什麼？沒有什麼？在哪裡？請照著以下的範例說一說。

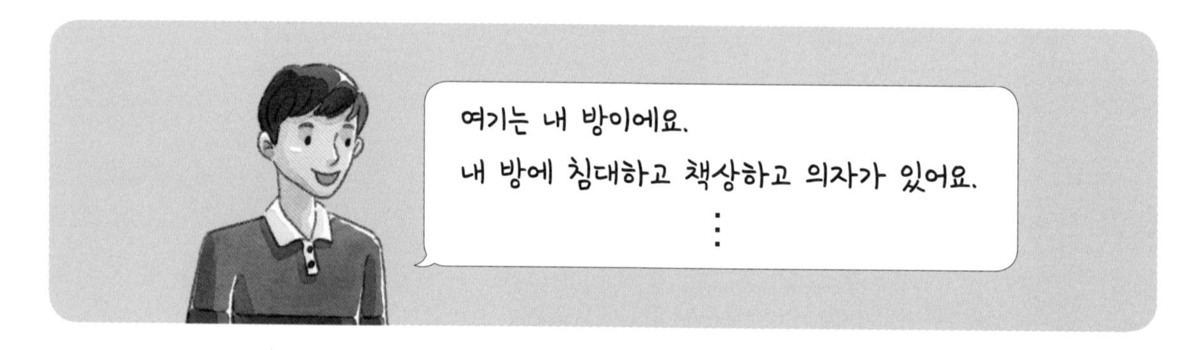

내 방에 대해 이야기할 수 있어요?	☆☆☆☆☆

말하기 11

날짜와 요일 日期與星期

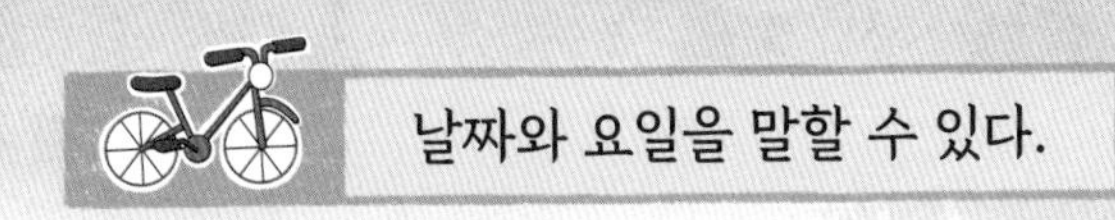

생각해 봐요

● 다음 달력을 보세요. 한국어로 어떻게 말해요?
請看以下的日曆，用韓語該怎麼說？

배워요

1 다음 표현을 배워요.
請學一學以下的表現。

월 月

1월 2월 … 6월 (유월) … 10월 (시월) … 12월

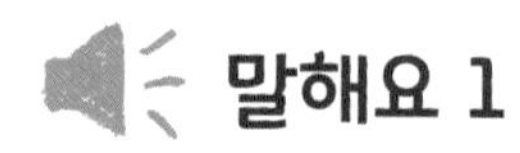

말해요 1

1 다음과 같이 이야기하세요.
請照著以下的範例說一說。

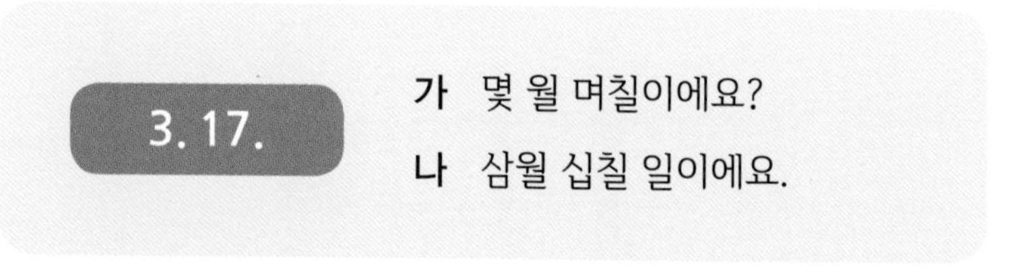

① 2. 14. ② 6. 6. ③ 8. 31. ④ 12. 5.

2 다음 질문에 답하세요.
請回答以下的問題。

1) 지금 몇 월이에요?
現在是幾月？

2) 오늘이 며칠이에요?
今天是幾號？

生日
3) 생일이 언제예요?
你的生日是什麼時候？

말해요 2

1 다음과 같이 이야기하세요.
請照著以下的範例說一說。

수요일

가 무슨 요일이에요?
나 수요일이에요.

① 월요일 ② 목요일 ③ 토요일 ④ 일요일

2 다음 질문에 답하세요.
請回答以下的問題。

1) 오늘이 무슨 요일이에요?
今天是星期幾？

2) 생일이 무슨 요일이에요?
生日是星期幾？

말해요 3

1 다음과 같이 이야기하세요.
請照著以下的範例說一說。

2023

가 몇 년이에요?
나 이천이십삼 년이에요.

① 2021 ② 1988 ③ 2005 ④ 2049

2 다음 질문에 답하세요.
請回答以下的問題。

1) 올해가 몇 년이에요?
今年是幾年？

2) 내년이 몇 년이에요?
明年是幾年？

날짜와 요일을 말할 수 있어요?	☆☆☆☆☆

말하기 12
가족 家族

가족에 대해 묻고 대답할 수 있다.

생각해 봐요

● 다음 사진을 보세요. 누구예요?
請看以下的照片，這些人是誰？

배워요

1 다음 표현을 배워요.
請學一學以下的表現。

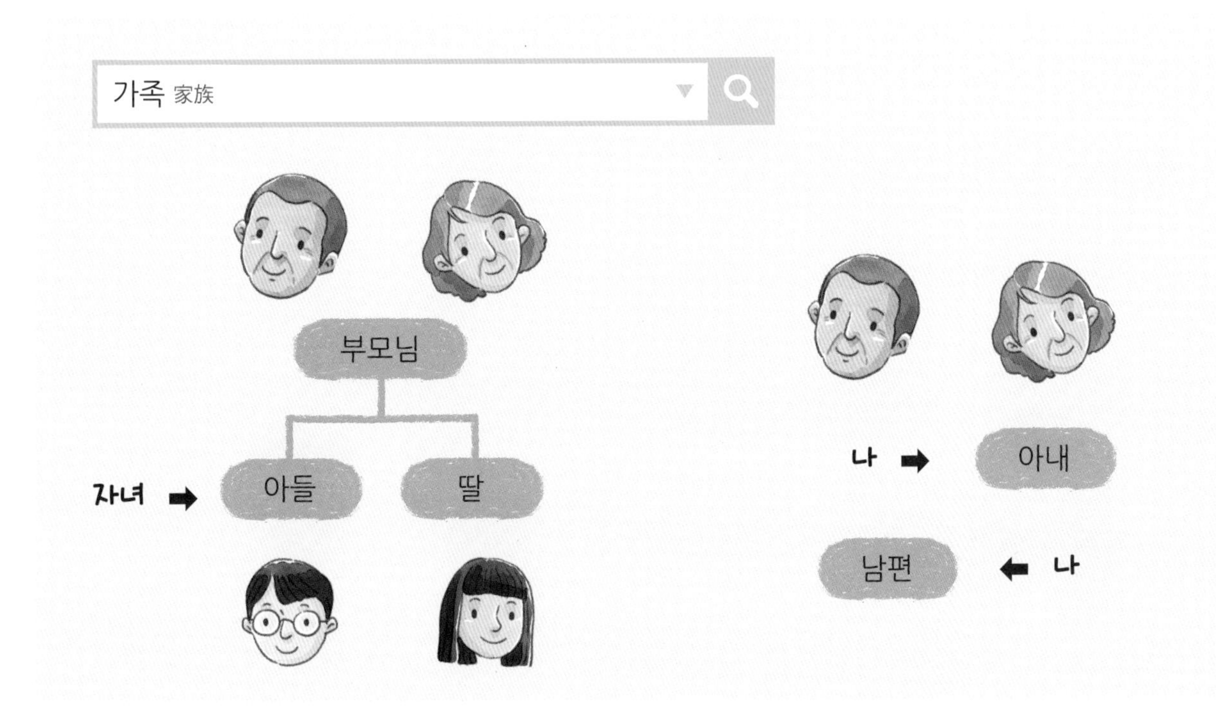

2 다음 표현을 배워요.
請學一學以下的表現。

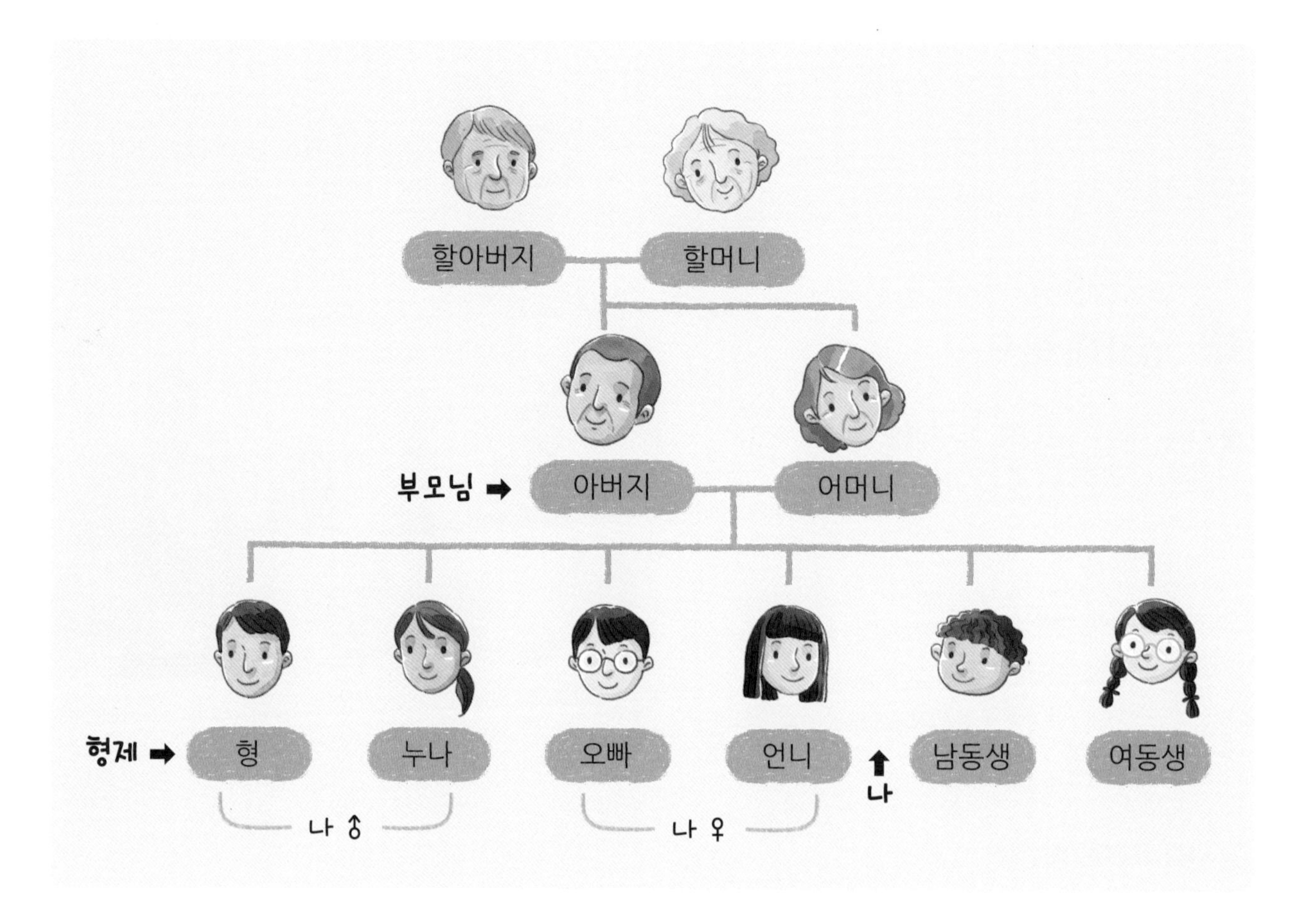

말해요

1 다음과 같이 이야기하세요.
請照著以下的範例說一說。

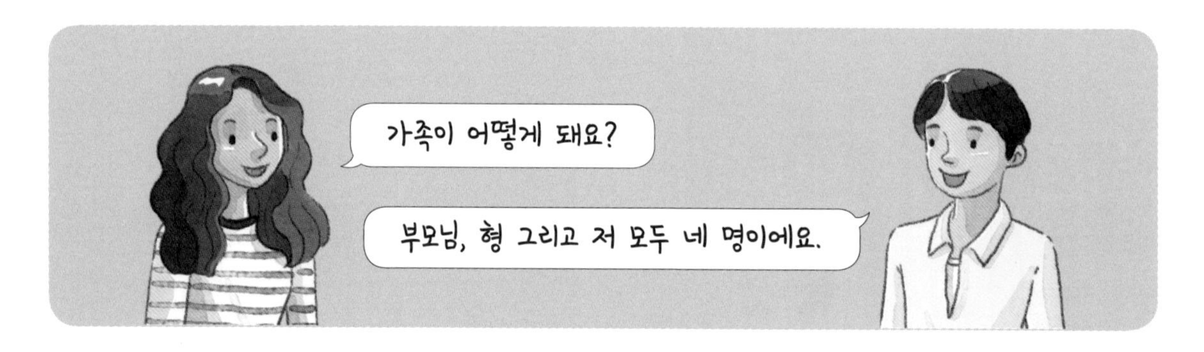

1)

2)

3)

4)

2 여러분의 가족은 몇 명이에요? 친구하고 이야기하세요.

各位的家人有幾位？請跟朋友聊一聊。

가족에 대해 묻고 대답할 수 있어요?	☆☆☆☆☆

말하기 13

한국 생활 韓國生活

한국 생활에 대해 이야기할 수 있다.

생각해 봐요

● 다음을 보세요. 이 사람은 언제 했어요?
請看以下的內容，這個人是什麼時候做的？

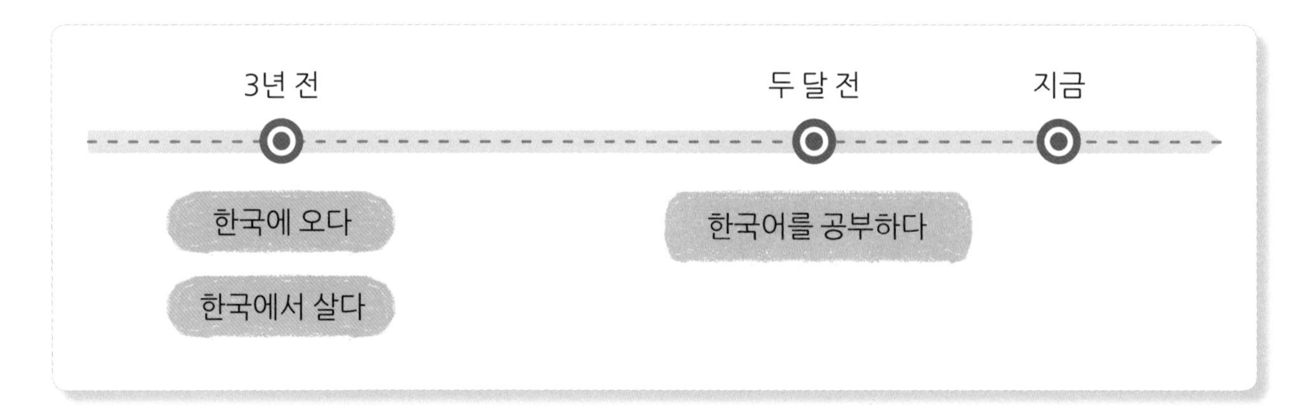

배워요

1 다음 표현을 배워요.
請學一學以下的表現。

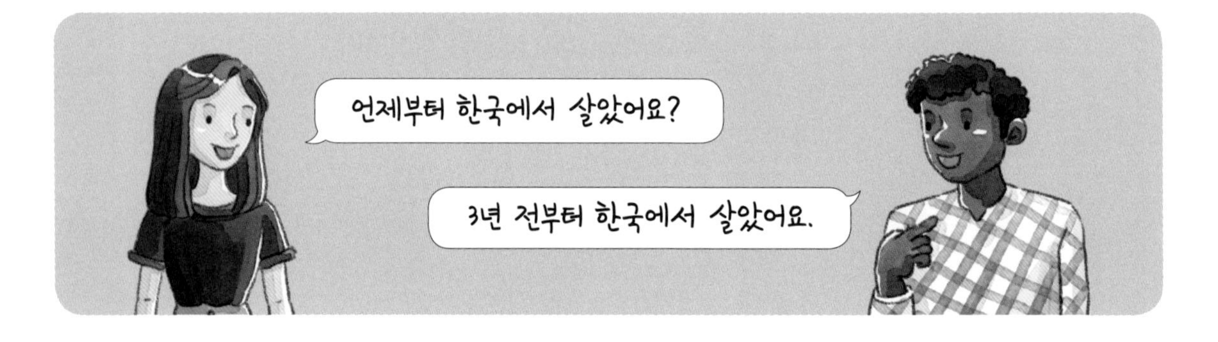

1) 가 언제부터 한국어를 공부했어요?
   나 두 달 전부터 한국어를 공부했어요.

2) 가 언제부터 그 사람을 좋아했어요?
   나 작년부터 좋아했어요.

시간 부터 동/형 [-았어요]

말해요 1

1 다음과 같이 이야기하세요.
請照著以下的範例說一說。

이 일을 하다	가 언제부터 이 일을 했어요?
10년 전	나 십 년 전부터 했어요.

1) 운동하다 / 열 살 때 (때 → 時候)

2) 여기에 있다 / 30분 전

3) 아프다 / 어제 저녁

4) 바쁘다 / 지난주

5) 그 사람하고 사귀다 / 12월 24일

6) 여기에서 공부하다 / 6월 10일

2 **언제부터 했어요? 다음 표에 메모하고 친구하고 이야기하세요.**
從什麼時候開始做的？請簡單記在以下的表格，並跟朋友聊一聊。

질문	대답
한국에 살다	
한국어를 공부하다	
이 학교에 다니다	

말해요 2

1 **다음 표현을 배워요.**
請學一學以下的表現。

2 다음과 같이 이야기하세요.
請照著以下的範例說一說。

가 요즘 생활이 어때요?

나 재미있고 좋아요.

가 요즘 생활이 어때요?

나 재미있어요. 그렇지만 조금 외로워요.

1)

2)

3)

4)

3 친구들은 요즘 생활이 어때요? 친구하고 이야기하세요.
朋友們最近的生活如何？請跟朋友聊一聊。

한국 생활에 대해 이야기할 수 있어요?	☆ ☆ ☆ ☆ ☆

말하기 14
음식 食物

음식을 주문할 수 있다.

생각해 봐요

● 다음 사진을 보세요. 여기는 어디예요?
請看以下的照片，這裡是哪裡？

배워요

1 다음 표현을 배워요.
請學一學以下的表現。

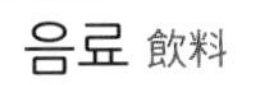

따뜻한 아메리카노 | 아이스 아메리카노 | 카페라테

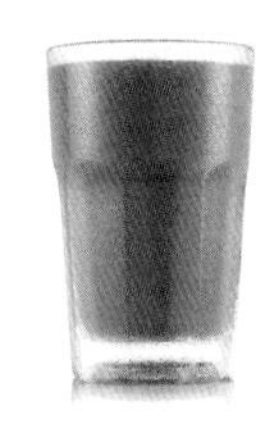

오렌지 주스 | 딸기 주스 | 핫초코 | 녹차 | 홍차

2 다음 표현을 배워요.

請學一學以下的表現。

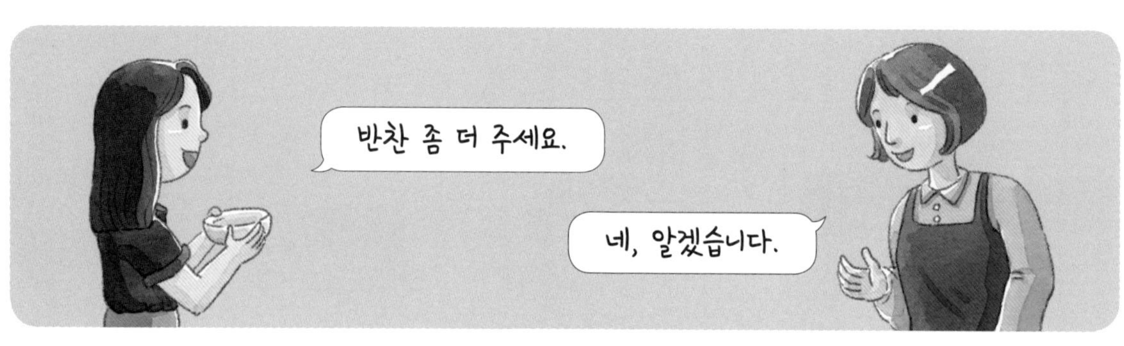

말해요

1 다음 메뉴를 보고 점원과 손님이 되어 이야기하세요.
請看以下的菜單，扮成店員與客人進行對話。

행복한 분식

MENU

KU김밥	3,500원	라면	4,000원
치즈김밥	4,000원	치즈라면	4,500원
참치김밥	4,000원	떡라면	4,500원

음식을 주문할 수 있어요? ☆☆☆☆☆

말하기 15

휴일 假日

휴일에 하는 일을 말할 수 있다.

생각해 봐요

● 다음 사진을 보세요. 여러분은 휴일을 어떻게 보내요?
請看以下的照片，各位如何度過假日？

말해요

1 여러분은 보통 휴일을 어떻게 보내요? 친구하고 이야기하세요.
各位通常如何度過假日？請跟朋友聊一聊。

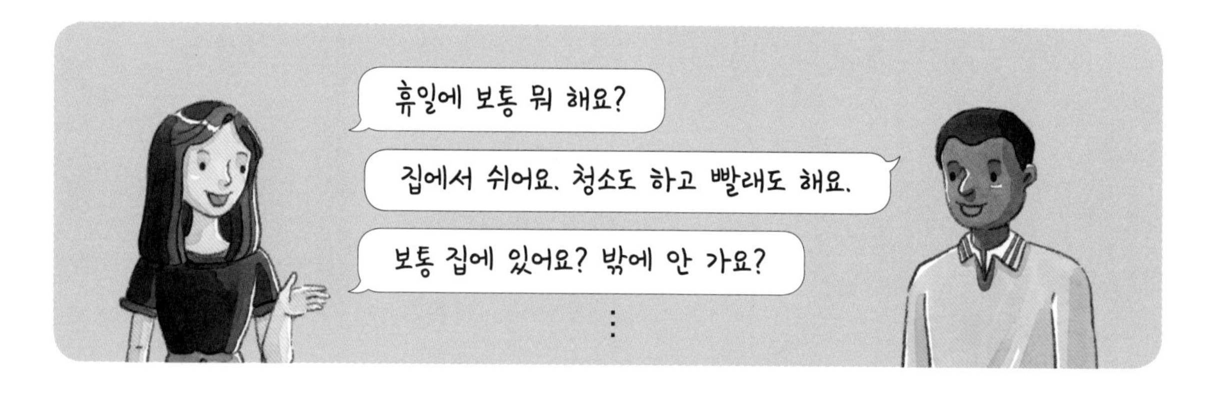

2 고향에서는 휴일을 어떻게 보냈어요? 친구하고 이야기하세요.
在家鄉的時候是如何度過假日的？請跟朋友聊一聊。

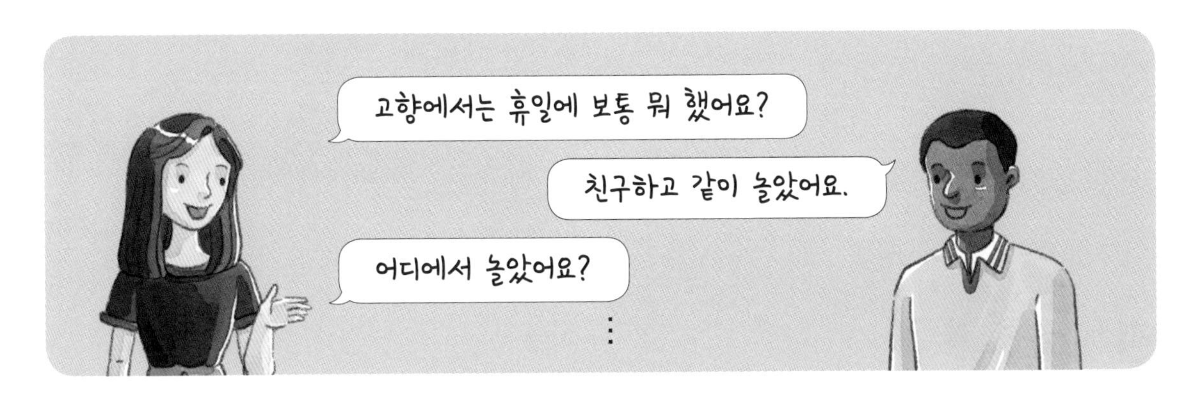

3 이번 주말에 무엇을 할 거예요? 친구하고 이야기하세요.
這個週末要做什麼？請跟朋友聊一聊。

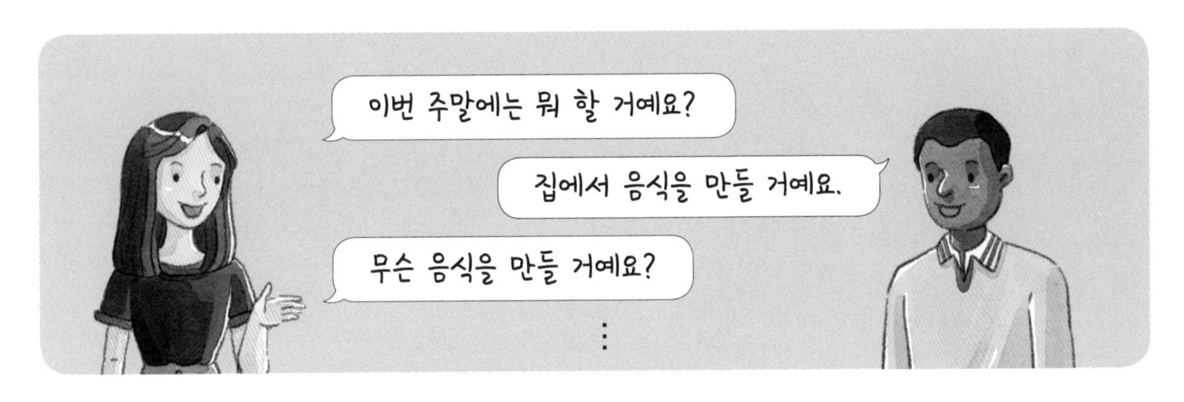

4 이제 곧 방학이에요. 방학에는 무엇을 할 거예요? 친구하고 이야기하세요.
馬上就要放假了，放假期間要做什麼？請跟朋友聊一聊。

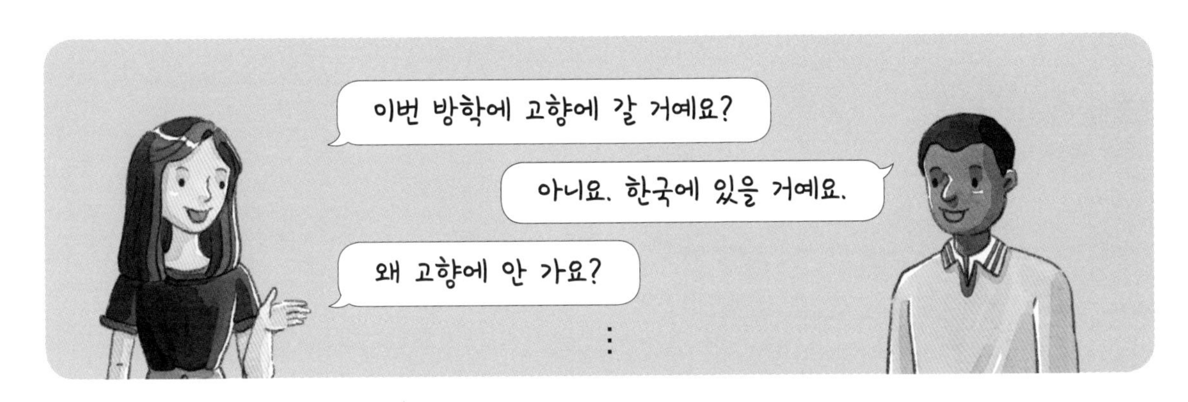

휴일에 하는 일을 말할 수 있어요?	☆☆☆☆☆

말하기 16
약속 約定

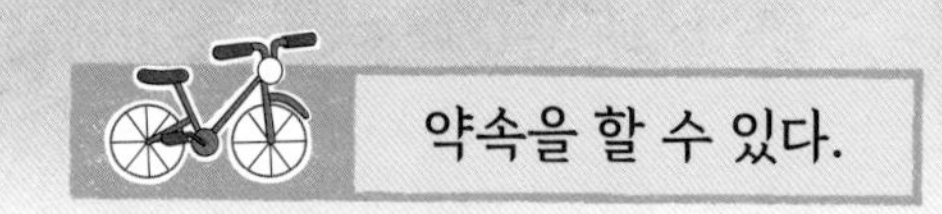

생각해 봐요

● 다음 수첩을 보세요. 토요일에 약속이 있어요?
請看以下的手冊，星期六有約嗎？

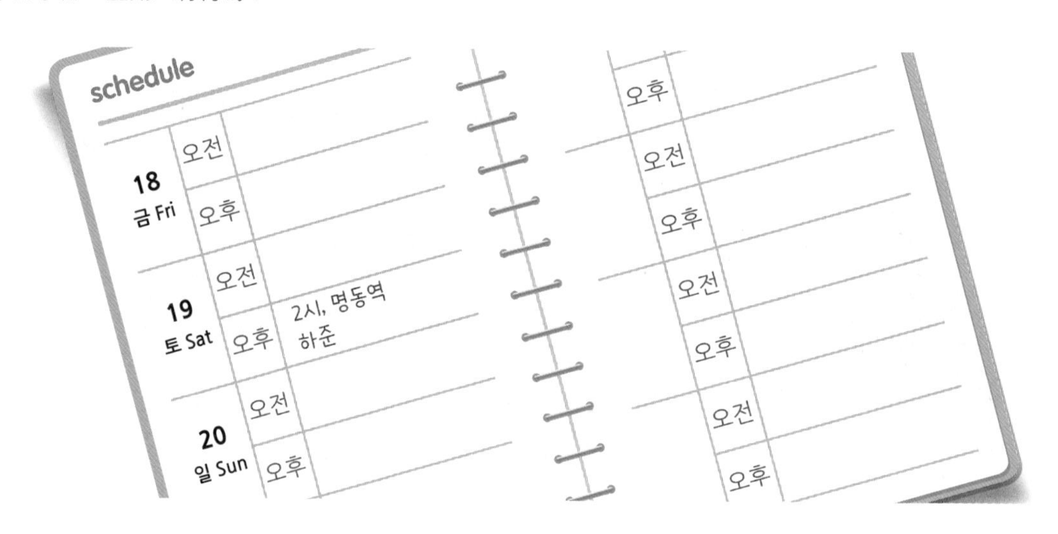

말해요 1

1 다음 표현을 배워요.
請學一學以下的表現。

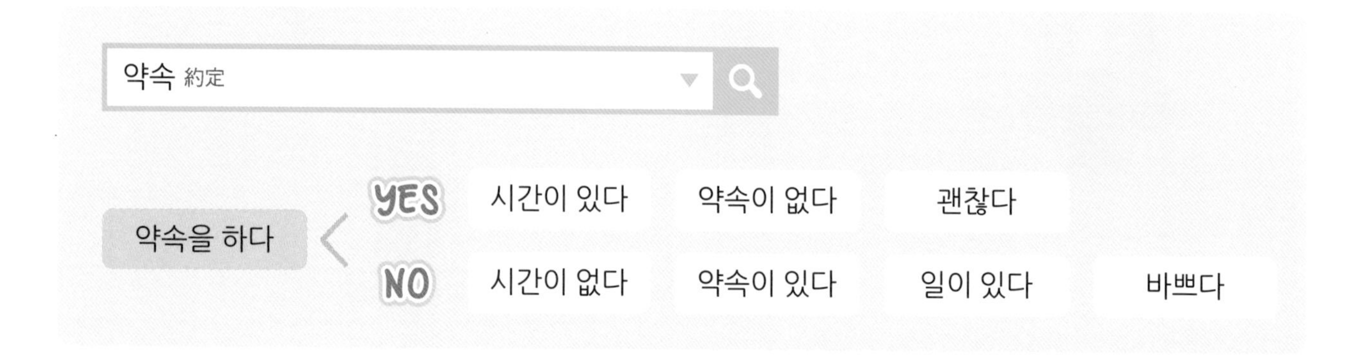

1) 가 내일 오후에 시간이 있어요?
나 네, 괜찮아요.

2) 가 이번 주 토요일에 시간이 있어요?
나 미안해요. 그날 약속이 있어요.

3) 가 주말에 웨이 씨하고 만날 거예요?
나 네, 만날 거예요. 어제 약속했어요.

2 다음과 같이 이야기하세요.
請照著以下的範例說一說。

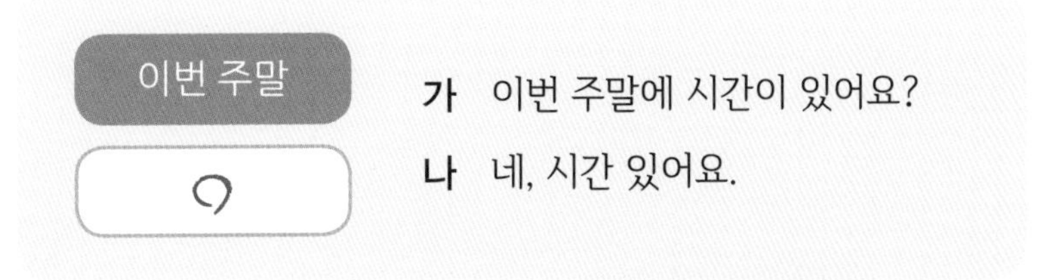

1) 오늘 오후 ○　2) 내일 저녁 ×　3) 이번 주 토요일 ?

말해요 2

1 다음 표현을 배워요.
請學一學以下的表現。

1) 가 이번 주말에 어디에 갈까요?
나 홍대에 가요.

2) 가 내일 오후에 만날까요?
나 미안해요. 내일은 바빠요. 다음에 만나요.

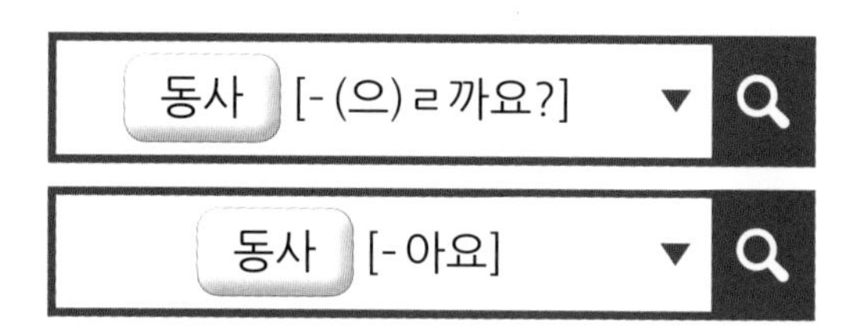

2 다음과 같이 이야기하세요.
請照著以下的範例說一說。

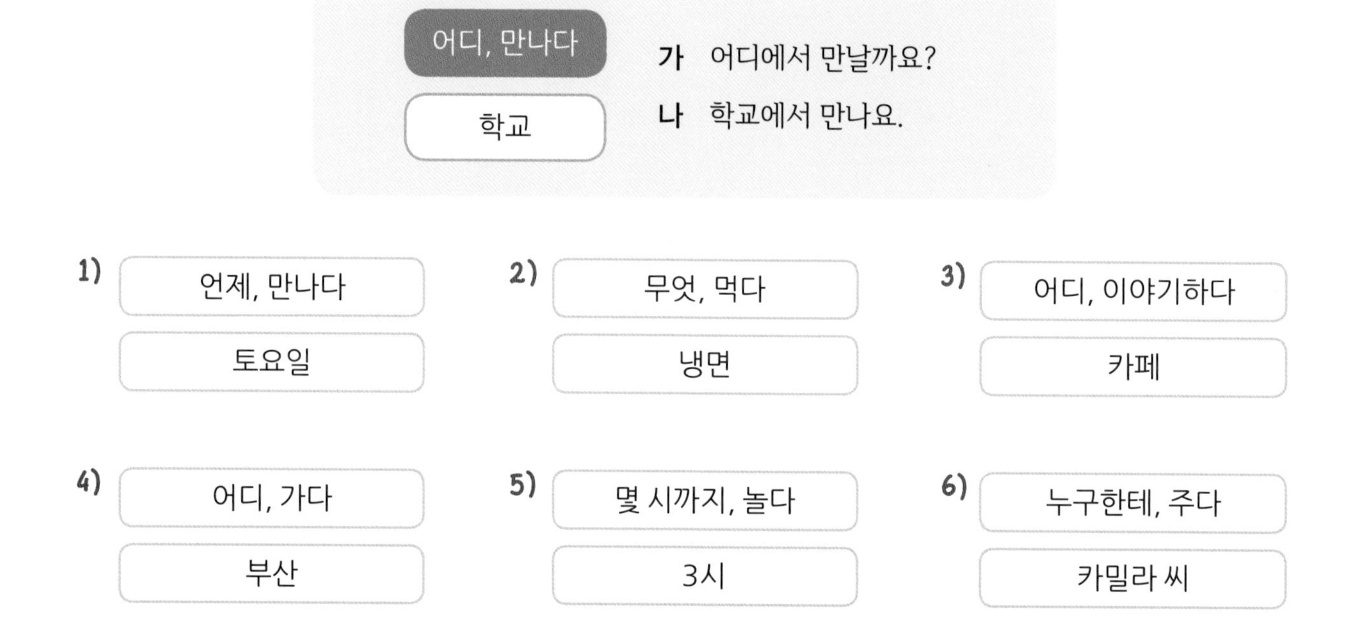

말해요 3

1 다음 표현을 배워요.
請學一學以下的表現。

1) 가 내일 어디에 갈까요?
   나 홍대는 어때요?

2) 가 점심에 뭐 먹을까요?
   나 햄버거는 어때요?

명사 은/는 어때요?

2 다음과 같이 이야기하세요.
請照著以下的範例說一說。

언제, 만나다
내일 저녁

가 언제 만날까요?
나 내일 저녁은 어때요?

1) 어디, 가다 / 명동

2) 무엇, 먹다 / 불고기

3) 누구한테, 물어보다 / 지아 씨

말해요 4

1 다음과 같이 이야기하세요.
請照著以下的範例說一說。

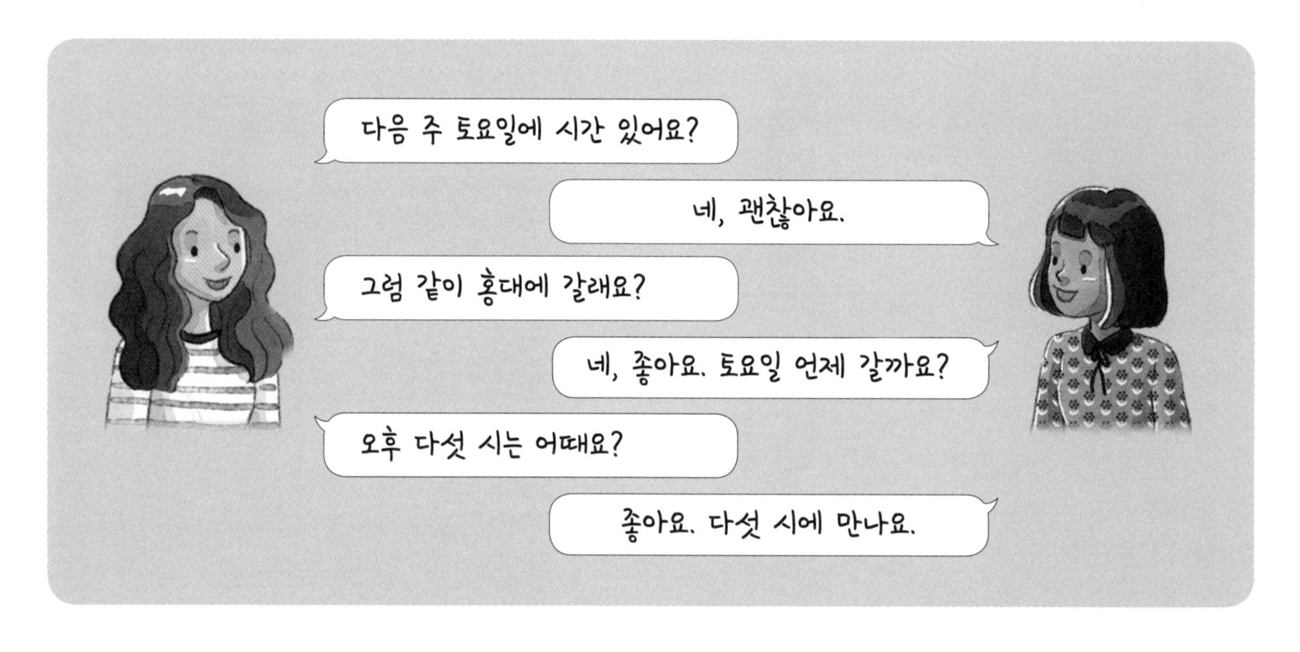

1)

A	B
오후?	○
쇼핑하다?	○
	어디?
백화점	○

2)

A	B
이번 주말?	○
공부하다?	○
	몇 시부터?
2시	○

2 여러분은 이번 주말에 무엇을 할 거예요? 친구하고 약속하세요.
各位這個週末要做什麼？請約朋友見個面。

약속을 할 수 있어요?	☆ ☆ ☆ ☆ ☆

말하기 17

교통 交通

교통편을 묻고 대답할 수 있다.

생각해 봐요

● 다음 사진을 보세요. 무엇을 타요? 어떻게 가요?

請看以下的照片，乘坐什麼交通工具？如何前往？

말해요 1

1 다음 표현을 배워요.
請學一學以下的表現。

1) 가 학교에서 집까지 어떻게 와요?
   나 걸어서 와요.

2) 가 여기에서 부산까지 뭐 타고 가요?
   나 KTX를 타고 가요.

3) 가 명동에 어떻게 가요?
   나 저기에서 버스를 타고 가세요.

4) 가 한국에 어떻게 왔어요?
   나 비행기를 타고 왔어요.

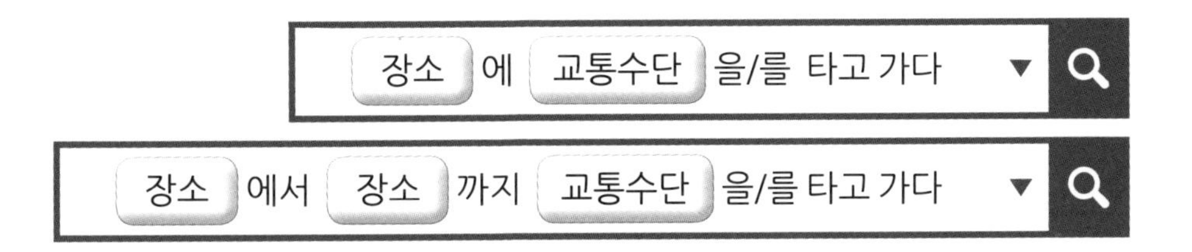

2 다음과 같이 이야기하세요.

請照著以下的範例說一說。

가 회사까지 어떻게 가요?

나 지하철을 타고 가요.

1) 

2) 

3) 

3 **여러분은 어떻게 가요? 어떻게 갔어요? 친구하고 이야기하세요.**
各位如何去？以前是如何去的？請跟朋友聊一聊。

학교/회사	명동	고향에서 학교/회사

말해요 2

1 **다음 표현을 배워요.**
請學一學以下的表現。

1) 가 여기에서 공항까지 지하철로 시간이 얼마나 걸려요?
나 한 시간쯤 걸려요.

2) 가 집에서 학교까지 걸어서 얼마나 걸려요?
나 걸어서 15분쯤 걸려요.

3) 가 회사까지 버스로 얼마나 걸려요?
나 30분쯤 걸려요.

교통수단 으로 얼마나 걸리다

2 다음과 같이 이야기하세요.
請照著以下的範例說一說。

30분

가 집에서 회사까지 지하철로 얼마나 걸려요?

나 지하철로 30분쯤 걸려요.

1) 

40분

2) 

한 시간

3) 

5분

4) 

20분

3 다음에 대해 친구하고 이야기하세요.
請針對以下的問題跟朋友聊一聊。

1) 여러분의 나라에서 한국까지 무엇을 타고 왔어요?

2) 여러분의 나라에서 한국까지 시간이 얼마나 걸렸어요?

교통편을 묻고 대답할 수 있어요?	☆ ☆ ☆ ☆ ☆

말하기 18

날씨 天氣

날씨를 추측해서 말할 수 있다.

생각해 봐요

● 오늘 날씨는 어때요? 내일 날씨는 어떨까요?
今天天氣如何？明天天氣如何？

말해요

1 다음 표현을 배워요.
請學一學以下的表現。

1) 가 이번 겨울에도 많이 추울까요?

나 네, 추울 거예요.

2) 가 오늘 웨이 씨가 학교에 안 왔어요. 내일은 올까요?

나 아마 올 거예요.

3) 가 이번 시험이 어려울까요?

나 안 어려울 거예요.

4) 가 이거 매울까요?

나 아니요, 안 매워요.

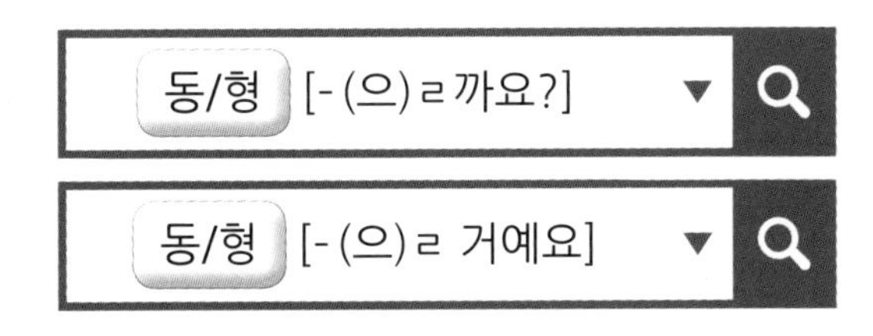

2 다음과 같이 이야기하세요.

請照著以下的範例說一說。

가 내일 날씨가 맑을까요?

나 네, 맑을 거예요.

1) 

2) 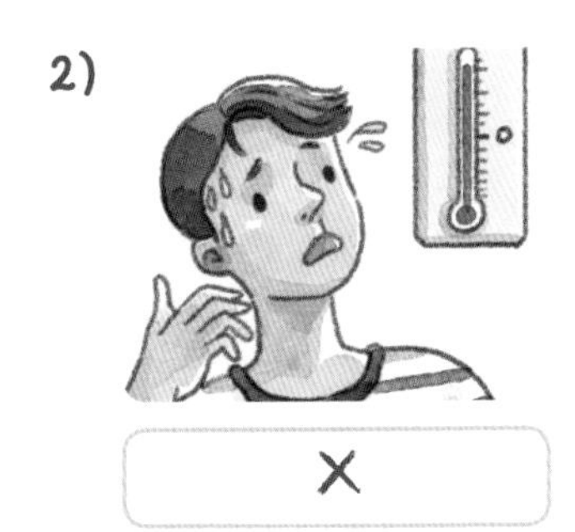

3) 

3 다음 지도를 보고 이야기하세요.

請看以下的地圖聊一聊。

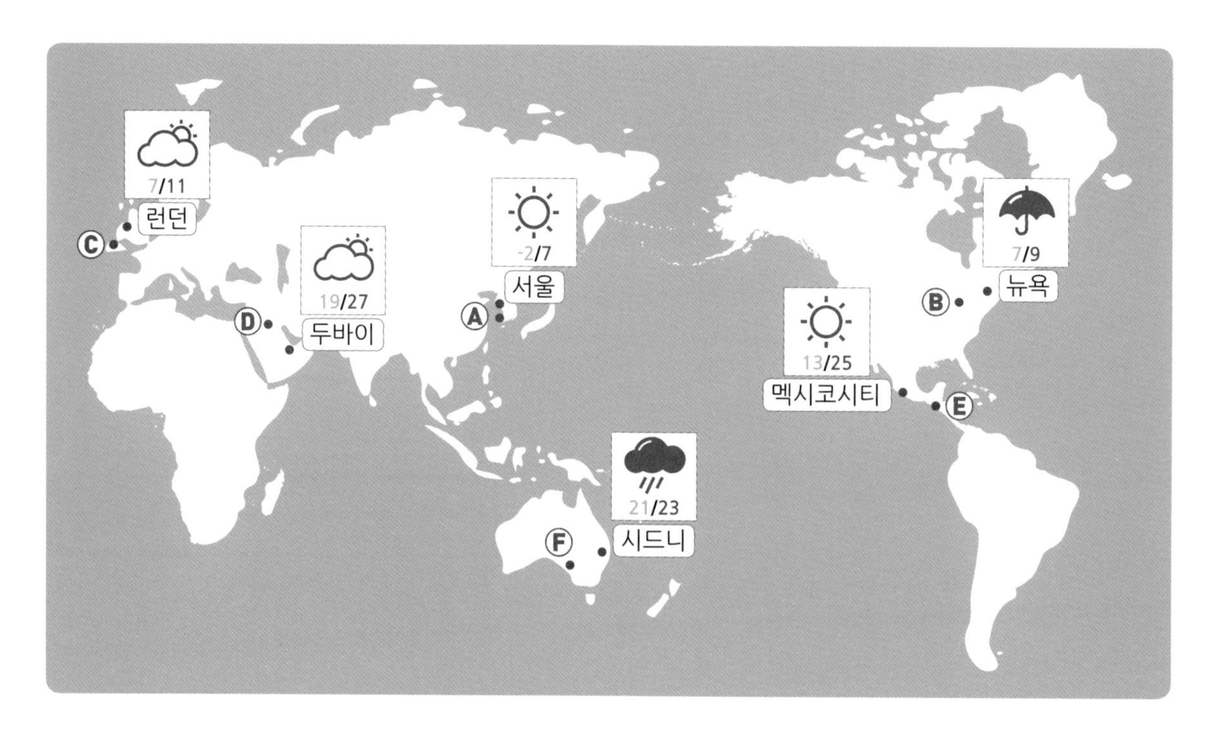

1) 다음 도시들의 날씨는 어때요? 이야기하세요.

下列城市的天氣如何？請說一說。

① 서울 ② 뉴욕 ③ 런던

④ 두바이 ⑤ 멕시코시티 ⑥ 시드니

2) 다음 지역들의 날씨는 어떨까요? 추측해서 이야기하세요.

下列地區的天氣如何？請推測一下，並說一說。

Ⓐ Ⓑ Ⓒ

Ⓓ Ⓔ Ⓕ

날씨를 추측해서 말할 수 있어요?	☆ ☆ ☆ ☆ ☆

말하기 19

1급 생활 1級時的生活

1급 생활이 어땠는지 이야기할 수 있다.

생각해 봐요

● **여러분의 1급 생활은 어땠어요? 생각해 보세요.**
各位讀1級時的生活如何？請想一想。

1) 언제 시작했어요? 그때 날씨는 어땠어요? 여러분 기분은 어땠어요?
什麼時候開始的？那時候的天氣如何？那時各位的心情怎麼樣？

2) 누구를 만났어요? 그 사람은 어때요?
見到了誰？那些人如何？

3) 1급 때 무슨 일이 있었어요? 어디에 갔어요? 무엇을 했어요? 어땠어요?
讀1級的時候發生過什麼事情？去了哪裡？做了什麼？如何？

4) 이제 1급이 끝나요. 지금 기분은 어때요?
現在1級的課程要結束了，各位的心情如何？

5) 앞으로 무엇을 할 거예요?
今後要做什麼？

말해요

● **여러분의 1급 생활은 어땠어요? 위에서 생각한 것을 바탕으로 이야기하세요.**
各位讀1級時的生活如何？請根據上面想到的內容聊一聊。

1급 생활이 어땠는지 이야기할 수 있어요?	☆☆☆☆☆

말하기 20

게임 遊戲

1 **다음 사진을 보고 질문을 다섯 개 만들고 대답을 하세요.**

請看以下的照片後，想出5個問題，跟朋友互相提問並回答。

1)

2)

2 다음 게임을 하세요.

請玩以下的遊戲。

듣기

聽力

듣기 1

인사 打招呼

처음 만난 사람들의 대화를 듣고 이해할 수 있다.

들어 봐요

● **다음을 듣고 맞는 것을 고르세요.** 011
請聽完以下的內容後，選出正確答案。

1) ① 하소영 ② 한수영

2) ① 이석주 ② 이정수

3) ① 브랑스 ② 프란스

4) ① 대국 사람 ② 태국 사람

5) ① 외사원 ② 회사언

들어요 1

1 이름이 무엇이에요? 맞는 것을 고르세요. 012
叫什麼名字？請選出正確答案。

1) ① 김고은 ② 김가은

2) ① 성 자우 ② 진 차오

3) ① 밀리엄 상드 ② 윌리엄 사이드

2 어느 나라 사람이에요? 맞는 것을 고르세요. 013

是哪國人？請選出正確答案。

1) ______ 2) ______ 3) ______

3 직업이 무엇이에요? 맞는 것을 고르세요. 014

工作是什麼？請選出正確答案。

1) ______ 2) ______ 3) ______

이제 따라 해 봐요

들어요 2

1 남자의 이름이 무엇이에요? 맞는 것을 고르세요. 015
男子的名字叫什麼？請選出正確答案。

① 서진오　② 서준우　③ 성진우

2 여자는 어느 나라 사람이에요? 다시 듣고 쓰세요. 015
女子是哪國人？請再聽一遍後寫下來。

여자는

들어요 3

1 남자는 어느 나라 사람이에요? 맞는 것을 고르세요. 016
男子是哪國人？請選出正確答案。

① 미국　② 영국　③ 중국　④ 한국

2 남자의 직업은 무엇이에요? 다시 듣고 쓰세요. 016
男子的職業是什麼？請再聽一遍後寫下來。

남자는

처음 만난 사람들의 대화를 듣고 이해할 수 있어요? ☆☆☆☆☆

더 들어요

● **다음을 듣고 쓰세요.** 017

請聽完以下的內容後寫下來

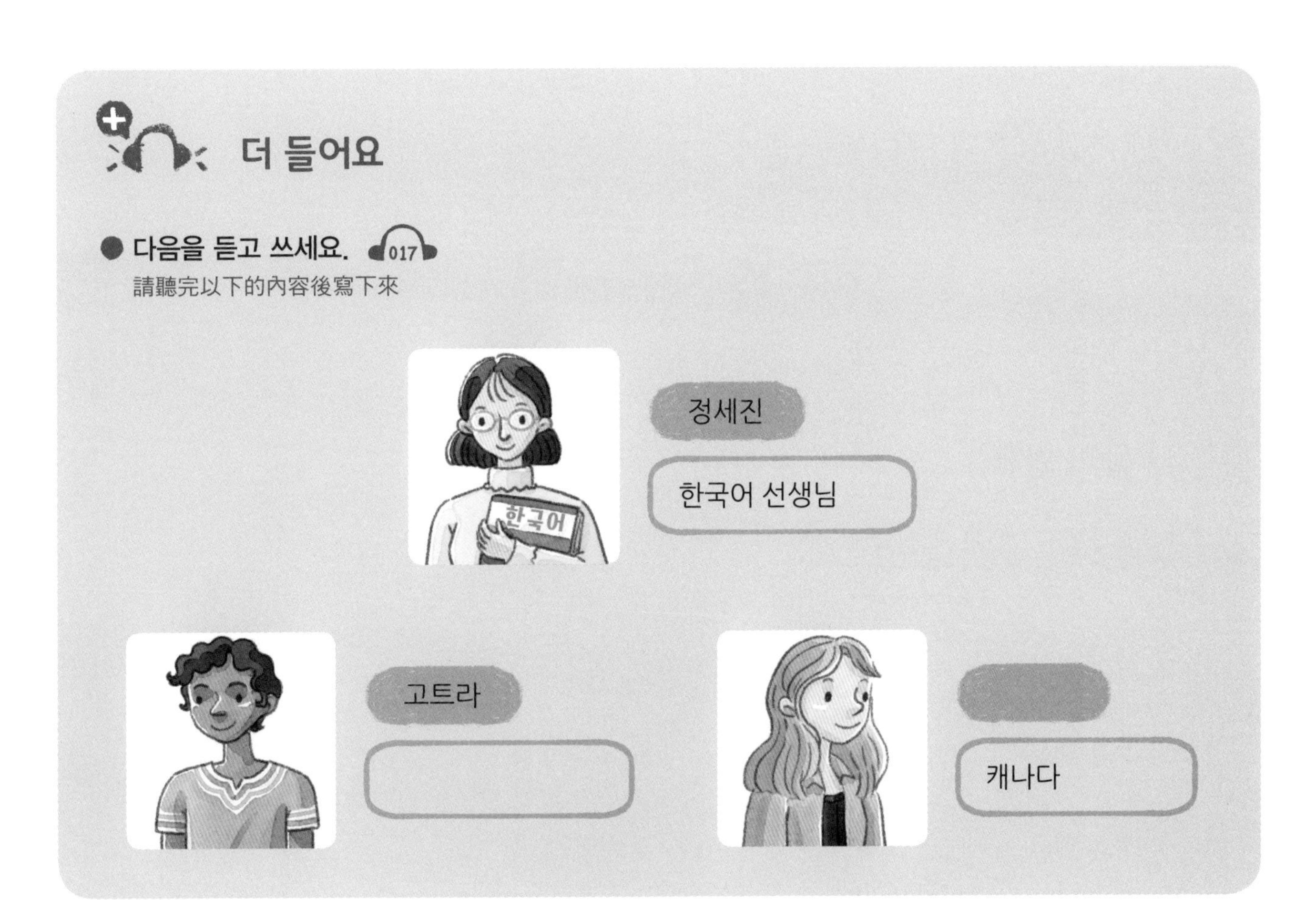

듣기 2

일상생활 | 日常生活 I

일상생활에 대한 대화를 듣고 이해할 수 있다.

들어 봐요

● 다음을 듣고 맞는 것을 고르세요. 021
請聽完以下的內容後，選出正確答案。

1) ① 마나요 ② 만나요

2) ① 온둥해요 ② 운동해요

3) ① 오요예요 ② 우유예요

4) ① 가반을 사요 ② 가방을 사요

5) ① 잭을 일어요 ② 책을 읽어요

들어요 1

1 무엇을 해요? 맞는 것을 고르세요. 022
在做什麼？請選出正確答案。

1)

①

②

③

2) ① ② ③

3) ① ② ③

2 다음을 듣고 맞는 것을 고르세요. 023
請聽完以下的內容後，選出正確答案。

1) ① ② ③

2)

3)

4)

들어요 2

1 남자는 무엇을 해요? 맞는 것을 고르세요. 024

男子在做什麼？請選出正確答案。

2 여자는 무엇을 해요? 다시 듣고 쓰세요. 024

女子在做什麼？請再聽一遍後寫下來。

여자는

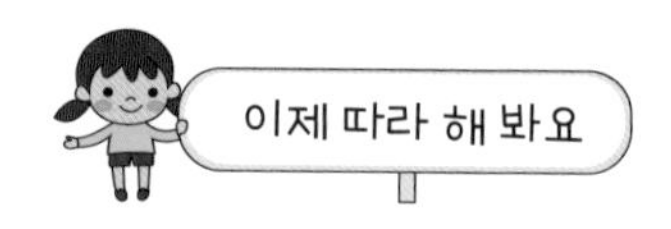

들어요 3

1 이 사람들은 무엇을 해요? 메모하세요. 025

這些人在做什麼？請簡單記下來。

2 다시 듣고 내용과 같으면 ○, 다르면 ×에 표시하세요. 025

請再聽一遍後，與內容相同的話請標示 ○ ，不同的話請標示 × 。

1) 남자는 오늘 일해요. ○ ×

2) 여자는 오늘 친구를 만나요. ○ ×

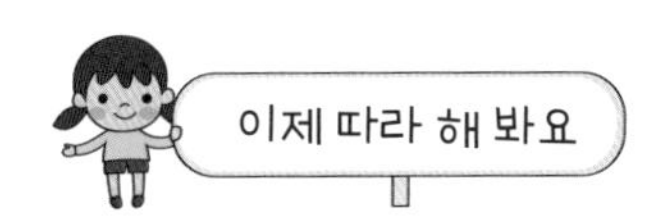

일상생활에 대한 대화를 듣고 이해할 수 있어요?	☆☆☆☆☆

더 들어요

● **다음을 듣고 연결하세요.** 026

請聽完以下的內容後連線。

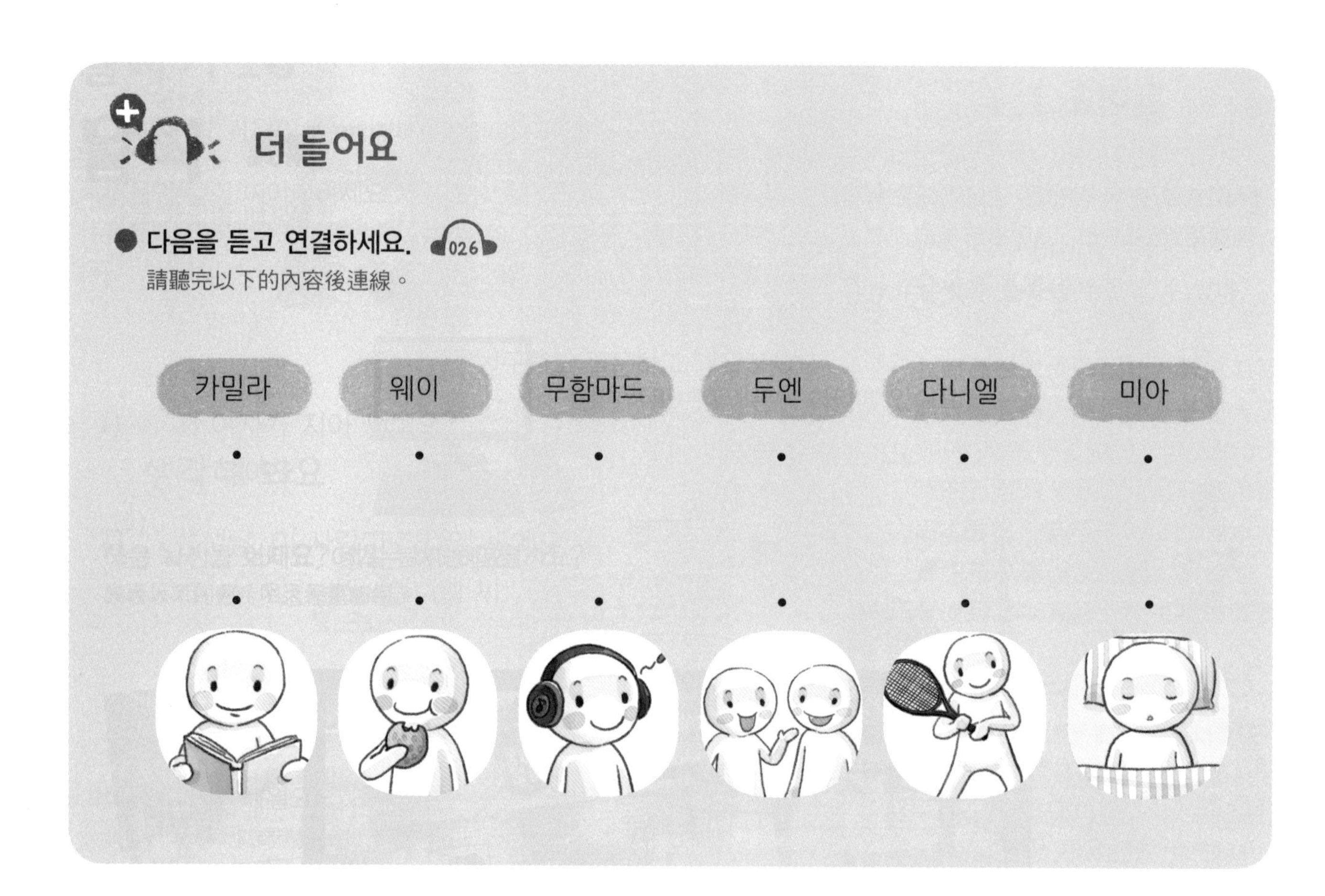

듣기 3

일상생활 II 日常生活 II

일상생활에 대한 대화를 듣고 이해할 수 있다.

들어 봐요

● **다음을 듣고 맞는 것을 고르세요.** 031
請聽完以下的內容後，選出正確答案。

1) ① 크어요 ② 커요

2) ① 작아요 ② 적아요

3) ① 새미있어요 ② 재미었어요

4) ① 검뷰더예요 ② 컴퓨터예요

5) ① 성생님이 좋아요 ② 선생님이 좋아요

들어요 1

1 어때요? 맞는 것을 고르세요. 032
如何？請選出正確答案。

1)
①

②

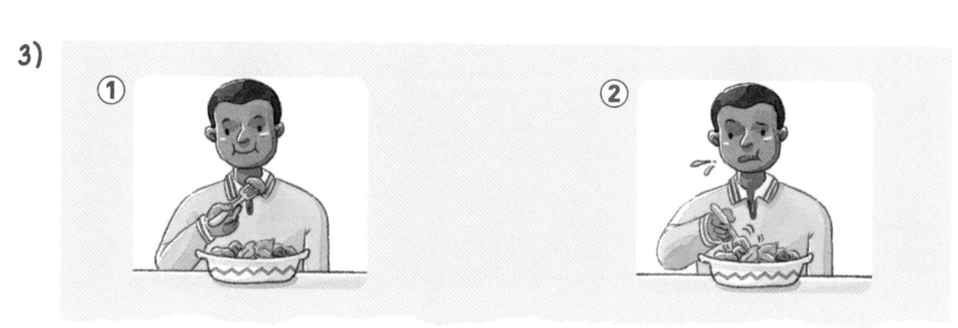

2 무엇이에요? 맞는 것을 고르세요. 033

是什麼？請選出正確答案。

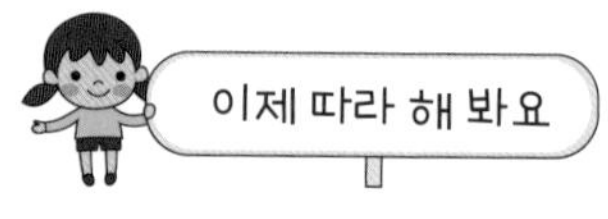

들어요 2

1 남자는 무엇을 해요? 맞는 것을 고르세요. 034

男子在做什麼？請選出正確答案。

2 남자는 한국어 공부가 쉬워요, 어려워요? 다시 듣고 쓰세요. 034

男子覺得韓語好學還是難學？請再聽一遍後寫下來。

들어요 3

1 두 사람은 무엇을 보고 이야기해요? 맞는 것을 고르세요. 035

兩個人正在看著什麼聊天？請選出正確答案。

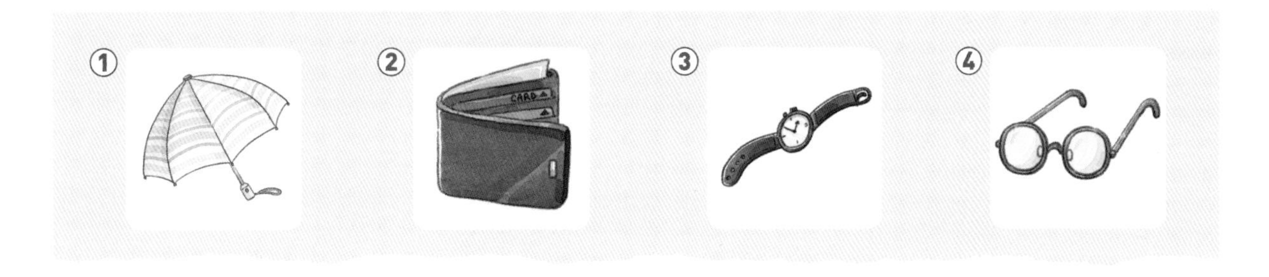

2 두 사람이 보고 있는 것이 어때요? 다시 듣고 쓰세요. 035

兩個人正在看的東西如何？請再聽一遍後寫下來。

일상생활에 대한 대화를 듣고 이해할 수 있어요?	☆☆☆☆☆

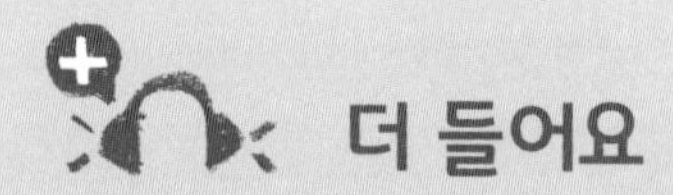

● 다음을 듣고 내용과 같은 것을 고르세요. 036

請聽完以下的內容後，選出與內容一致的答案。

① 교실이 작아요.

② 교실에 책이 많아요.

③ 선생님이 재미있어요.

듣기 4
장소 場所

장소에서 하는 일에 대한 대화를 듣고 이해할 수 있다.

들어 봐요

● 다음을 듣고 맞는 것을 고르세요. 041
請聽完以下的內容後，選出正確答案。

1) ① 은항 ② 은행

2) ① 배와점 ② 백화점

3) ① 곤항 ② 공항

4) ① 병원 ② 빙원

5) ① 더소칸 ② 도서칸

들어요 1

1 어디에 가요? 맞는 것을 고르세요. 042
去哪裡？請選出正確答案。

①

②

③
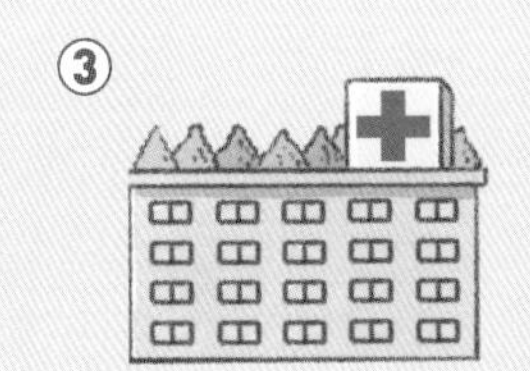

④

⑤

⑥

1) ________ 2) ________ 3) ________ 4) ________

2 어디에서 무엇을 해요? 맞는 것을 고르세요. 043

在哪裡做什麼？請選出正確答案。

1)

① 

② 

2)

① 

② 

3)

① 

② 

4)

① 

② 

들어요 2

1 다음을 듣고 대화에 맞는 그림을 고르세요. 044
請聽完以下的內容後，選出與對話相符的圖片。

① 

② 

③ 

④ 

2 여자는 어디에 가요? 그리고 거기에서 무엇을 해요? 다시 듣고 쓰세요. 044
女子要去哪裡？她在那裡做什麼？請再聽一遍後寫下來。

여자는

거기에서

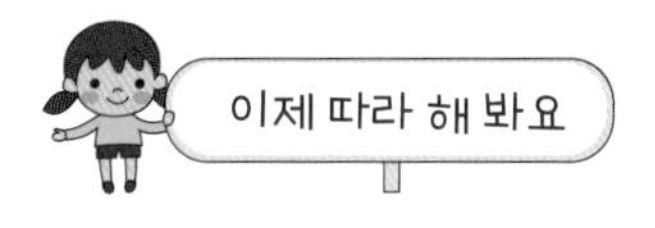

들어요 3

1 남자는 오늘 어디에 가요? 쓰세요. 045

男子今天要去哪裡？請寫下來。

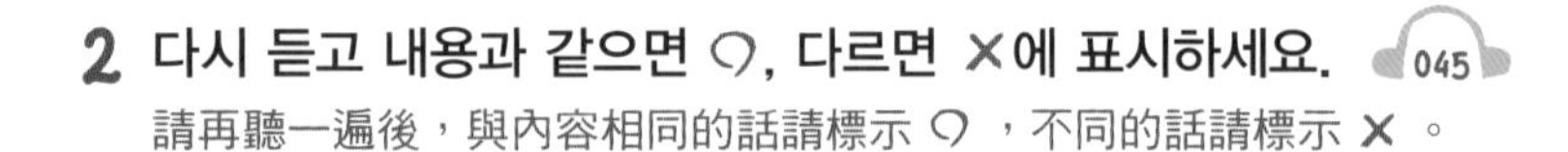

2 다시 듣고 내용과 같으면 ○, 다르면 ×에 표시하세요. 045

請再聽一遍後，與內容相同的話請標示 ○ ，不同的話請標示 × 。

1) 남자는 회사원이에요. ○ ×

2) 남자의 친구는 독일 사람이에요. ○ ×

장소에서 하는 일에 대한 대화를 듣고 이해할 수 있어요?	☆☆☆☆☆

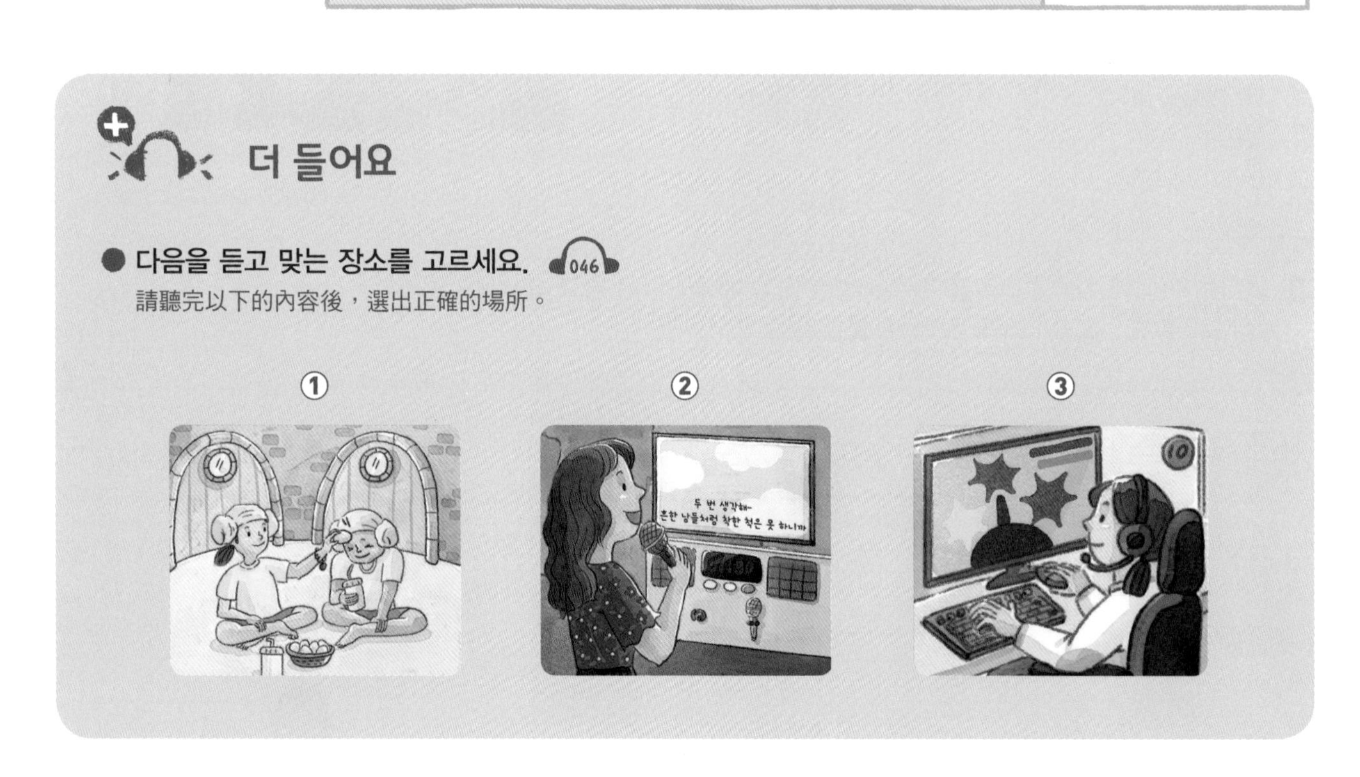

더 들어요

● **다음을 듣고 맞는 장소를 고르세요.** 046

請聽完以下的內容後，選出正確的場所。

① ② ③

듣기 5

물건 사기 買東西

물건을 사는 대화를 듣고 이해할 수 있다.

들어 봐요

● 다음을 듣고 맞는 것을 고르세요. 051
請聽完以下的內容後，選出正確答案。

1) ① 커피 ② 코비

2) ① 팡 ② 빵

3) ① 가자 ② 과자

4) ① 삼부 ② 샴푸

5) ① 조컬릭 ② 초콜릿

들어요 1

1 무엇을 찾아요? 맞는 것을 고르세요. 052
在找什麼？請選出答案。

①

②

③

④
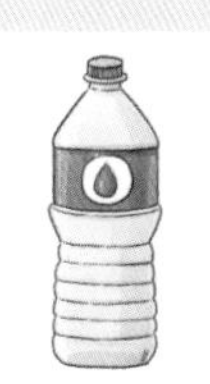

⑤

⑥

1) ____________ 2) ____________ 3) ____________ 4) ____________

2 몇 개 사요? 맞는 것을 고르세요. 053

要買幾個？請選出正確答案。

1)

①

②

2)

①

②

3)

①

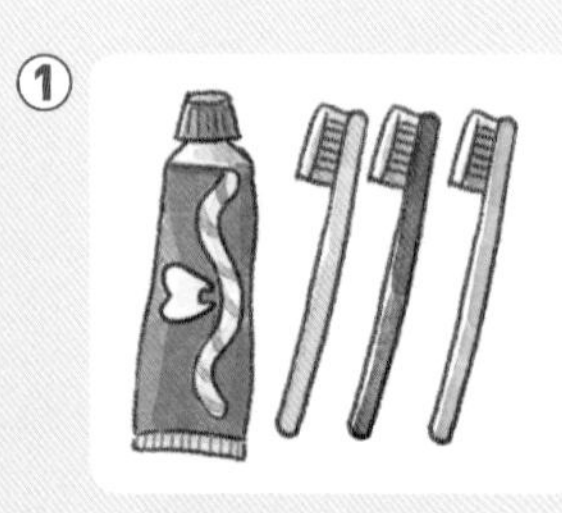

②

4)

①

②

3 **얼마예요? 맞는 것을 고르세요.** 054
多少錢？請選出正確答案。

1) ① 1,200원　　② 2,200원

2) ① 9,080원　　② 9,800원

3) ① 36,000원　　② 46,000원

4) ① 75,000원　　② 105,000원

들어요 2

1 **다음을 듣고 대화에 맞는 그림을 고르세요.** 055
請聽完以下的內容後，選出與對話相符的圖片。

①

②

③

④

2 여자는 우산을 몇 개 사요? 얼마예요? 다시 듣고 맞는 그림을 고르세요. 055

女子要買幾把雨傘？多少錢？請再聽一遍後，選出正確的圖片。

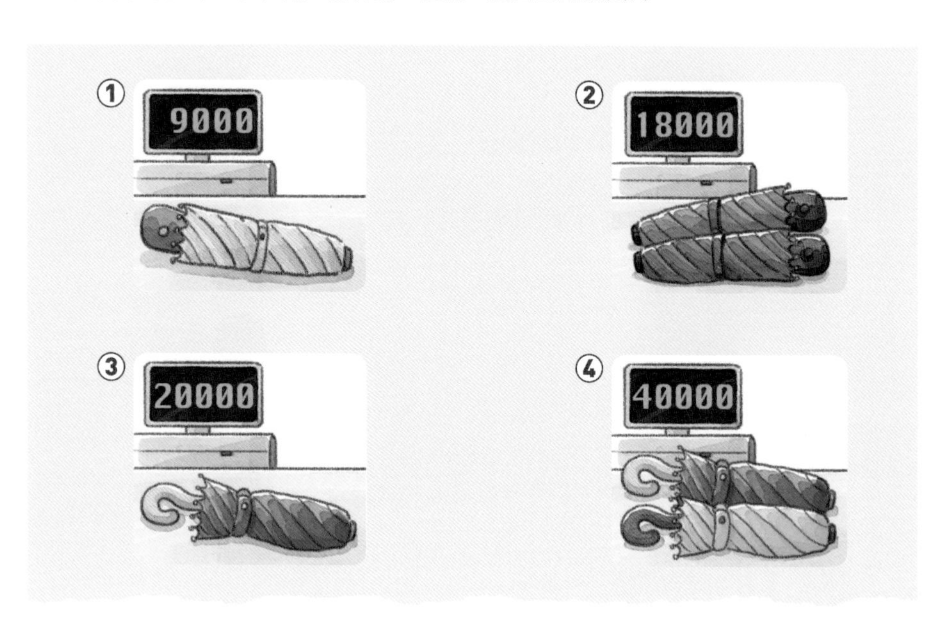

들어요 3

1 남자는 무엇을 찾아요? 물건의 이름을 메모하세요. 056

男子在找什麼？請簡單記下建築物的名稱。

2 다시 듣고 맞는 것을 고르세요. 056
請再聽一遍後，選出正確答案。

①

품목	수량	가격
샴푸	1	10,000
휴지	3	4,500
초콜릿	1	1,000
합계		15,500

②

품목	수량	가격
샴푸	3	12,500
휴지	1	1,500
아이스크림	1	1,500
합계		15,500

물건을 사는 대화를 듣고 이해할 수 있어요?	☆☆☆☆☆

더 들어요

● **다음을 듣고 무엇을 몇 개 사는지 쓰세요.** 057
請聽完以下的內容後，寫出買了幾個什麼東西。

주스 ________　　________

________　　________

듣기 6

하루 일과 一天的作息

하루 일과에 대한 대화를 듣고 이해할 수 있다.

들어 봐요

● **다음을 듣고 맞는 것을 고르세요.** 061
請聽完以下的內容後，選出正確答案。

1) ① 낫이에요　　② 낮이에요

2) ① 시월 일 일이에요　　② 십월 일 일이에요

3) ① 며 치에 일러나요　　② 몇 시에 일어나요

4) ① 아짐에 씻어요　　② 아침에 씨어요

5) ① 아합 시에 출근해요　　② 아홉 시에 촐곤해요

들어요 1

1 몇 시예요? 맞는 것을 고르세요. 062
幾點？請選出正確答案。

1) ①

②

2) ①

②

3) ① 

② 08:00

2 몇 월 며칠이에요? 맞는 것을 고르세요. 

是幾月幾號？請選出正確答案。

1) ① 5월 10일 ② 5월 16일

2) ① 6월 17일 ② 6월 27일

3) ① 7월 21일 ② 7월 31일

3 무슨 요일이에요? 맞는 것을 쓰세요. 

是星期幾？請寫出正確答案。

1) ________ 2) ________ 3) ________

들어요 2

1 남자가 하루에 하는 일을 모두 고르세요. 065

請選出男子一天中做的所有事情。

① 

②

③ 

④ 

2 **다시 듣고 다음 질문의 답을 쓰세요.** 065

請再聽一遍後，寫出下列問題的答案。

1) 남자는 오전에 어디에 가요?

2) 남자는 집에 언제 와요?

이제 따라 해 봐요

들어요 3

1 **여자의 직업은 무엇이에요? 쓰세요.** 066

女子的職業是什麼？請寫下來。

2 **다시 듣고 내용과 같으면 O, 다르면 ×에 표시하세요.** 066

請再聽一遍後，與內容相同的話請標示 O ，不同的話請標示 × 。

1) 여자는 아침에 샤워를 해요. O ×

2) 여자는 집에서 저녁을 먹어요. O ×

이제 따라 해 봐요

하루 일과에 대한 대화를 듣고 이해할 수 있어요?	☆ ☆ ☆ ☆ ☆

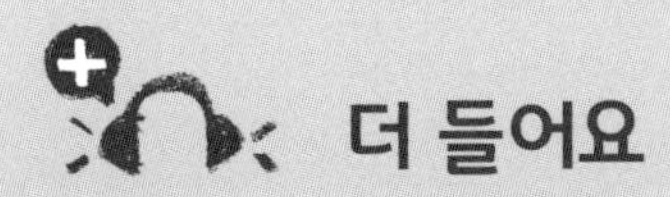

더 들어요

● **다음을 듣고 내용과 같으면 O, 다르면 X에 표시하세요.** 067

請聽以下的內容後，與內容相同的話請標示 O ，不同的話請標示 X 。

1) 남자는 회사원이에요. O X

2) 남자는 오후 다섯 시에 퇴근해요. O X

듣기 7

한국 생활 韓國生活

한국 생활에 대한 대화를 듣고 이해할 수 있다.

들어 봐요

● 다음을 듣고 맞는 것을 고르세요. 071
請聽完以下的內容後，選出正確答案。

1) ① 요리했어요　　② 유리해서요

2) ① 도요일에 쉬어요　　② 토요일에 쉬워요

3) ① 작년에 시장했어요　　② 장년에 시작했어요

4) ① 진구를 사귔어요　　② 친구를 사귀었어요

5) ① 그저게 밨어요　　② 그저께 봤어요

들어요 1

1 언제 해요? 언제 했어요? 맞는 것을 고르세요. 072
什麼時候要做？什麼時候做的？請選出正確答案。

1) ① 일주일 전　　② 이 주일 전

2) ① 오늘 오후　　② 내일 오전

3) ① 이번 달　　② 다음 달

4) ① 어제　　② 지난주

2 무엇을 하고 무엇을 해요? 맞는 번호를 순서대로 쓰세요. 073

做什麼，然後再做什麼？請按順序寫出號碼。

1) ______ ➜ ______

2) ______ ➜ ______

3) ______ ➜ ______

4) ______ ➜ ______

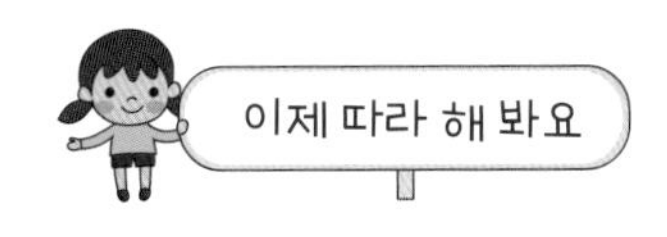

들어요 2

1 여자는 언제 한국에 왔어요? 쓰세요. 074

女子是什麼時候來韓國的？請寫下來。

2 다시 듣고 내용과 같은 것을 고르세요. 074

請再聽一遍後，選出與內容相同的答案。

① 여자는 학생이에요.

② 여자는 한국 친구가 많아요.

③ 여자는 한국 생활이 안 좋아요.

들어요 3

1 남자는 언제 한국에 왔어요? 쓰세요. 075

男子是什麼時候來韓國的？請寫下來。

2 **다시 듣고 남자가 오늘 했으면 ○, 안 했으면 ×에 표시하세요.** 075
請再聽一遍後，男子今天做了的話請標示 ○ ，沒做的話請標示 × 表示。

1) 한국 시장에 갔어요. ○ ×

2) 한국 친구를 만났어요. ○ ×

3) 한국 회사에서 일했어요. ○ ×

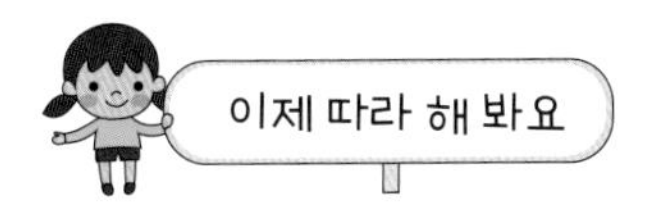

한국 생활에 대한 대화를 듣고 이해할 수 있어요?	☆☆☆☆☆

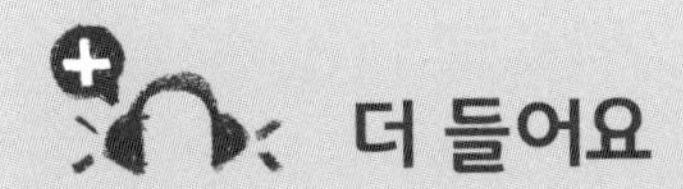

더 들어요

● **다음을 듣고 내용과 같으면 ○, 다르면 ×에 표시하세요.** 076
請聽完以下的內容後，與內容相同的話請標示 ○ ，不同的話請標示 × 。

1) 남자는 학생이에요. ○ ×

2) 두 사람은 오늘 처음 만났어요. ○ ×

3) 남자는 일 년 전부터 한국어를 배웠어요. ○ ×

듣기 8

음식 食物

음식을 주문하는 대화를 듣고 이해할 수 있다.

들어 봐요

● **다음을 듣고 맞는 것을 고르세요.** 081
請聽完以下的內容後，選出正確答案。

1) ① 드세요 ② 두세요

2) ① 쉬울래요 ② 쉴래요

3) ① 커피가 싸요 ② 커피가 짜요

4) ① 내면을 먹어요 ② 냉면을 먹어요

5) ① 볼고기 일 인분 주세요 ② 불고기 이 인분 주세요

들어요 1

1 맛이 어때요? 쓰세요. 082
味道怎麼樣？請寫下來。

1) ____________ 2) ____________

3) ____________ 4) ____________

2 남자는 무엇을 먹어요? 맞는 것을 고르세요. 083

男子在吃什麼？請選出正確答案。

1)

2)

3)

4)

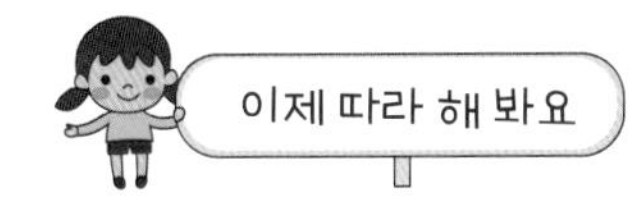

들어요 2

1 무엇을 먹어요? 쓰세요. 084

吃什麼？請寫下來。

남자

여자

2 다시 듣고 내용과 같으면 ○, 다르면 ×에 표시하세요. 084

請再聽一遍後，與內容相同的話請標示 ○ ，不同的話請標示 × 。

1) 이 식당의 된장찌개는 안 짜요. ○ ×

2) 남자는 어제 된장찌개를 먹었어요. ○ ×

들어요 3

1 여자가 좋아하는 음식을 메모하세요. 085

請簡單記下女子喜歡的食物。

2 다시 듣고 내용과 같은 것을 고르세요. 085
請再聽一遍後，與內容相同的話請標示 ○ ，不同的話請標示 ✕ 。

① 남자는 김치를 잘 먹어요.

② 남자는 한국 음식을 좋아해요.

③ 남자는 여자하고 점심을 같이 먹었어요.

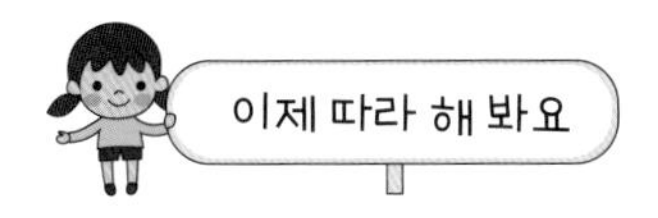

음식을 주문하는 대화를 듣고 이해할 수 있어요? 

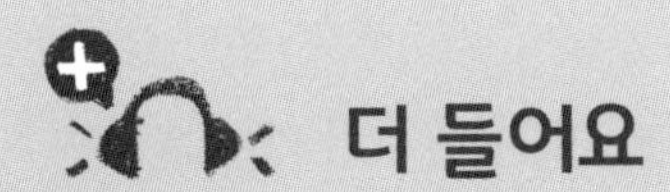

더 들어요

● **다음을 듣고 내용과 같으면 ○, 다르면 ✕에 표시하세요.** 086
請聽完以下的內容後，與內容相同的話請標示 ○ ，不同的話請標示 ✕ 。

1) 남자는 식당에 혼자 왔어요. ○ ✕

2) 남자는 고기를 안 먹어요. ○ ✕

듣기 9

휴일 假日

휴일 활동에 대한 대화를 듣고 이해할 수 있다.

들어 봐요

● **다음을 듣고 맞는 것을 고르세요.** 091

請聽完以下的內容後，選出正確答案。

1) ① 정소해요 ② 청수해요

2) ① 슈이리예요 ② 휴일이에요

3) ① 고향에 가요 ② 코양에 가요

4) ① 배우고 싶으요 ② 배워고 싶어요

5) ① 영화를 볼 거예요 ② 영화를 발 거예요

들어요 1

1 남자는 오늘 쉬어요? 쉬면 ○, 안 쉬면 ×에 표시하세요. 092

男子今天休息嗎？休息的話請標示 ○ ，不休息的話請標示 × 。

1) ○ ×

2) ○ ×

3) ○ ×

2 여자는 무엇을 할 거예요? 맞는 것을 고르세요. 093
女子要做什麼？請選出正確答案。

1) ______ 2) ______ 3) ______ 4) ______

들어요 2

1 남자는 주말에 보통 무엇을 해요? 맞는 것을 모두 고르세요. 094
男子週末時通常會做什麼？請選出正確答案。

2 **다시 듣고 내용과 같으면 ○, 다르면 ×에 표시하세요.** 094
請再聽一遍後，與內容相同的話請標示 ○ ，不同的話請標示 × 。

1) 남자는 영화를 안 좋아해요. ○ ×

2) 여자는 주말에 영화관에 갈 거예요. ○ ×

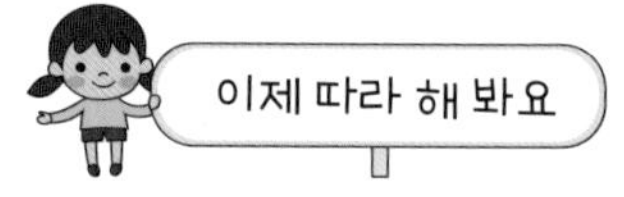

들어요 3

1 **여자의 휴가는 언제부터예요? 쓰세요.** 095
女子的休假從什麼時候開始？請寫下來。

2 **다시 듣고 내용과 같으면 ○, 다르면 ×에 표시하세요.** 095
請再聽一遍後，與內容相同的話請標示 ○ ，不同的話請標示 × 。

1) 남자는 휴가에 요리를 배웠어요. ○ ×

2) 여자는 이번 휴가에 여행을 갈 거예요. ○ ×

휴일 활동에 대한 대화를 듣고 이해할 수 있어요?	☆☆☆☆☆

더 들어요

● **다음을 듣고 이야기하세요.** 096
請聽完以下的內容後，說一說。

1) 여자는 왜 한국어 공부를 시작했어요?

2) 여자는 이번 휴가에 무엇을 할 거예요?

듣기 10

날씨와 계절 天氣和季節

날씨와 계절에 대한 대화를 듣고 이해할 수 있다.

들어 봐요

● **다음을 듣고 맞는 것을 고르세요.** 101
請聽完以下的內容後，選出正確答案。

1) ① 가울이에요　② 겨울이에요

2) ① 날씨가 좋아요　② 나르씨가 추워요

3) ① 바람이 부를 거예요　② 파람이 불 거예요

4) ① 흐려서 못 해요　② 크리서 못 해요

5) ① 꽃고경을 해요　② 꼭구경을 해요

들어요 1

1 무엇을 해요? 맞는 것을 고르세요. 102
做什麼？請選出正確答案。

① 
② 
③ 
④ 

1) ______ 2) ______ 3) ______ 4) ______

2 날씨가 어때요? 맞는 것을 고르세요. 103

天氣如何？請選出正確答案。

1) ________ 2) ________ 3) ________ 4) ________

들어요 2

1 다음을 듣고 제주도 날씨로 맞는 것을 고르세요. 104

請聽完以下的內容後，選出與濟州島天氣相符的答案。

2 **다시 듣고 내용과 같으면 ○, 다르면 ×에 표시하세요.** 104
請再聽一遍後，與內容相同的話請標示 ○ ，不同的話請標示 × 。

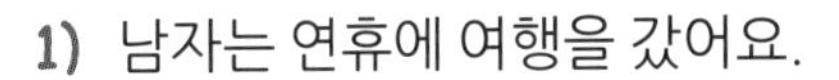
1) 남자는 연휴에 여행을 갔어요. ○ ×

2) 남자는 바빠서 바다에 못 갔어요. ○ ×

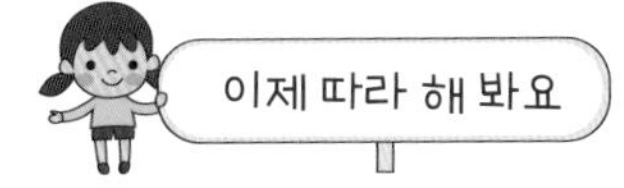

들어요 3

1 **지금 어느 계절인지 쓰세요.** 105
請寫出現在是什麼季節。

2 **다시 듣고 내용과 같으면 ○, 다르면 ×에 표시하세요.** 105
請再聽一遍後，與內容相同的話請標示 ○ ，不同的話請標示 × 。

1) 여자는 작년에 한국에 왔어요. ○ ×

2) 여자는 날씨가 추워서 힘들어요. ○ ×

날씨와 계절에 대한 대화를 듣고 이해할 수 있어요?

읽기

閱讀

읽기 1

인사 打招呼

자기를 소개하는 글을 읽고 이해할 수 있다.

생각해 봐요

● 다음을 보고 이름과 직업을 찾아보세요.
請看完以下的圖片後，找出名字和職業。

읽어요 1

1 다음을 읽고 맞는 그림을 연결하세요.
請讀完以下的內容後，連接相符的圖片。

1) 칠레 •   • ①

2) 영국 •   • ②

3) 이집트 •   • ③

4) 브라질 •   • ④

5) 호주 •   • ⑤

6) 몽골 •   • ⑥

2 **다음을 읽고 그림과 같으면 ○, 다르면 ×에 표시하세요.**
請讀完以下的內容後，與圖片相同的話請標示 ○ ，不同的話請標示 × 。

1) 저는 왕웨이예요.

○ 

2) 저는 베트남 사람이에요.

○ 

3) 저는 의사예요.

○ 

읽어요 2

1 **자기소개 글을 읽고 질문에 답하세요.**
請讀完自我介紹的文章後回答問題。

안녕하세요?

저는 조민수예요.

한국어 선생님이에요.

B

제 이름은 하리마예요.

이집트 사람이에요.

저는 회사원이에요.

만나서 반갑습니다.

C 안녕하세요? 저는 토머스 링컨이에요. 영국에서 왔어요. 고려대학교 학생이에요.

1) 위의 글에서 이름을 찾아 ◯를 하세요.
請在上面的短文中找出名字，用 ◯ 標示。

2) 나라 이름을 찾아 △를 하세요.
請找出國家名稱，用 △ 標示。

3) 직업을 찾아 ▭를 하세요.
請找出職業，用 ▭ 標示。

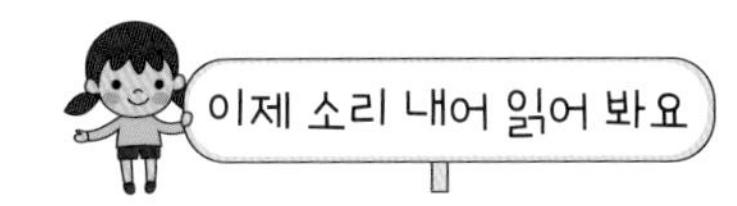

자기를 소개하는 글을 읽고 이해할 수 있어요? 

더 읽어요

● **다음을 읽고 쓰세요.**
請讀完以下的內容後書寫。

안녕하세요? 저는 제이미 리예요. 중국 사람이에요. 지금은 한국에서 살아요. 저는 요리사예요. 중국 음식을 만들어요.

이름	나라	직업
______	______	______

읽기 2

일상생활 Ⅰ 日常生活 Ⅰ

일상생활에 대한 글을 읽고 이해할 수 있다.

생각해 봐요

● 다음 일기를 보세요. 무슨 내용인지 이야기해 보세요.
請看以下的日記，聊一聊裡面寫的是什麼內容。

읽어요 1

1 다음을 읽고 맞는 그림을 연결하세요.
請讀完以下的內容後，連接相符的圖片。

1) 자요 • • ①

2) 읽어요 • • ②

3) 일해요 • • ③

4) 놀아요 • • ④

5) 가요 • • ⑤

6) 말해요 • • ⑥

7) 써요 • • ⑦

2 무엇을 해요? 단어를 찾아 문장을 만드세요.

做什麼？請找出單字造句。

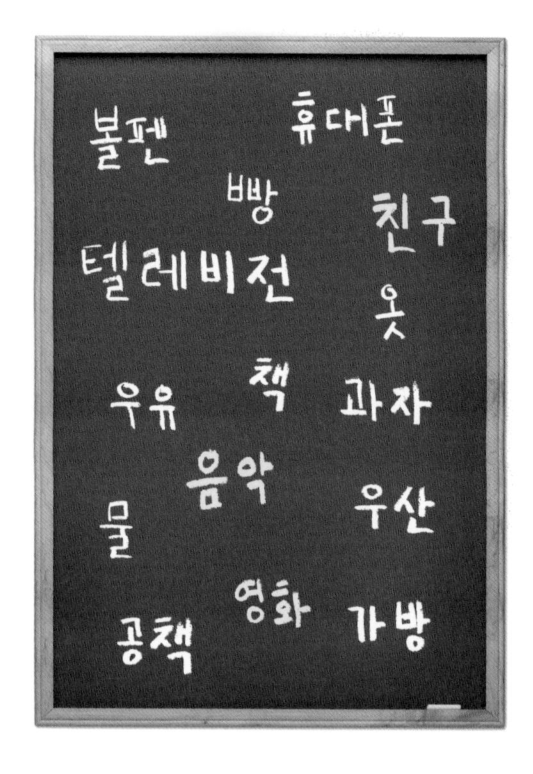

1) ____________ 마셔요.

2) ____________ 사요.

3) ____________ 봐요.

4) ____________ 만나요.

5) ____________ 들어요.

읽어요 2

1 그림을 설명한 문장을 읽으세요.

請讀一讀說明圖片的句子。

1) 다니엘 씨는 커피를 마셔요.

2) 웨이 씨는 영화를 봐요.

3) 무함마드 씨는 전화해요.

4) 두엔 씨는 한국어를 공부해요.

2 그림하고 같아요? 다른 부분을 고쳐 쓰세요.
跟圖片一樣嗎？請將不一樣的部分重新書寫。

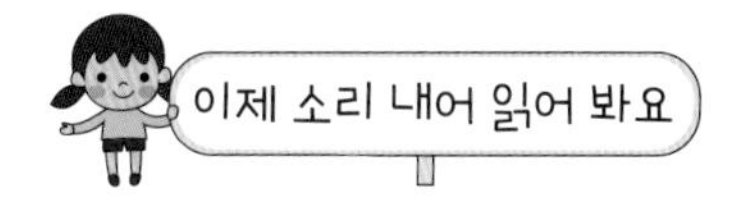

읽어요 3

1 다음을 읽고 쓰세요.
請讀完以下的內容後書寫。

안녕하세요? 저는 에밀리아 클라크예요. 호주 사람이에요. 저는 배우예요. 영화를 많이 봐요. 음악도 많이 들어요. 그리고 사람(人)을 많이 만나요. 이야기해요.

이름	
나라	
직업	

2 **다시 읽고 이 사람이 하는 것을 모두 고르세요.**
請重新閱讀後，選出這個人做的所有事情。

① 

② 

③ 

④ 

⑤ 

⑥ 

⑦ 

⑧ 

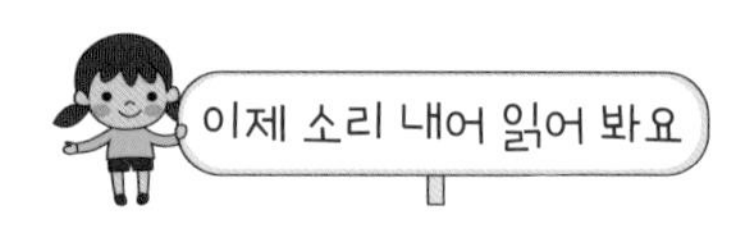

일상생활에 대한 글을 읽고 이해할 수 있어요?	☆☆☆☆☆

더 읽어요

● **다음을 읽고 누구인지 쓰세요.**
請讀完以下的內容後，寫出這些人分別是誰。

우리 가족이에요. 아버지는 티브이를 봐요. 어머니는 전화해요. 오빠는 콜라를 마셔요. 언니는 휴대폰을 봐요. 나는 강아지하고 놀아요.

읽기 3

일상생활 II 日常生活 II

일상생활에 대한 글을 읽고 이해할 수 있다.

생각해 봐요

● 다음을 보세요. 무슨 내용인지 이야기해 보세요.
請看以下的內容，說一說是什麼內容。

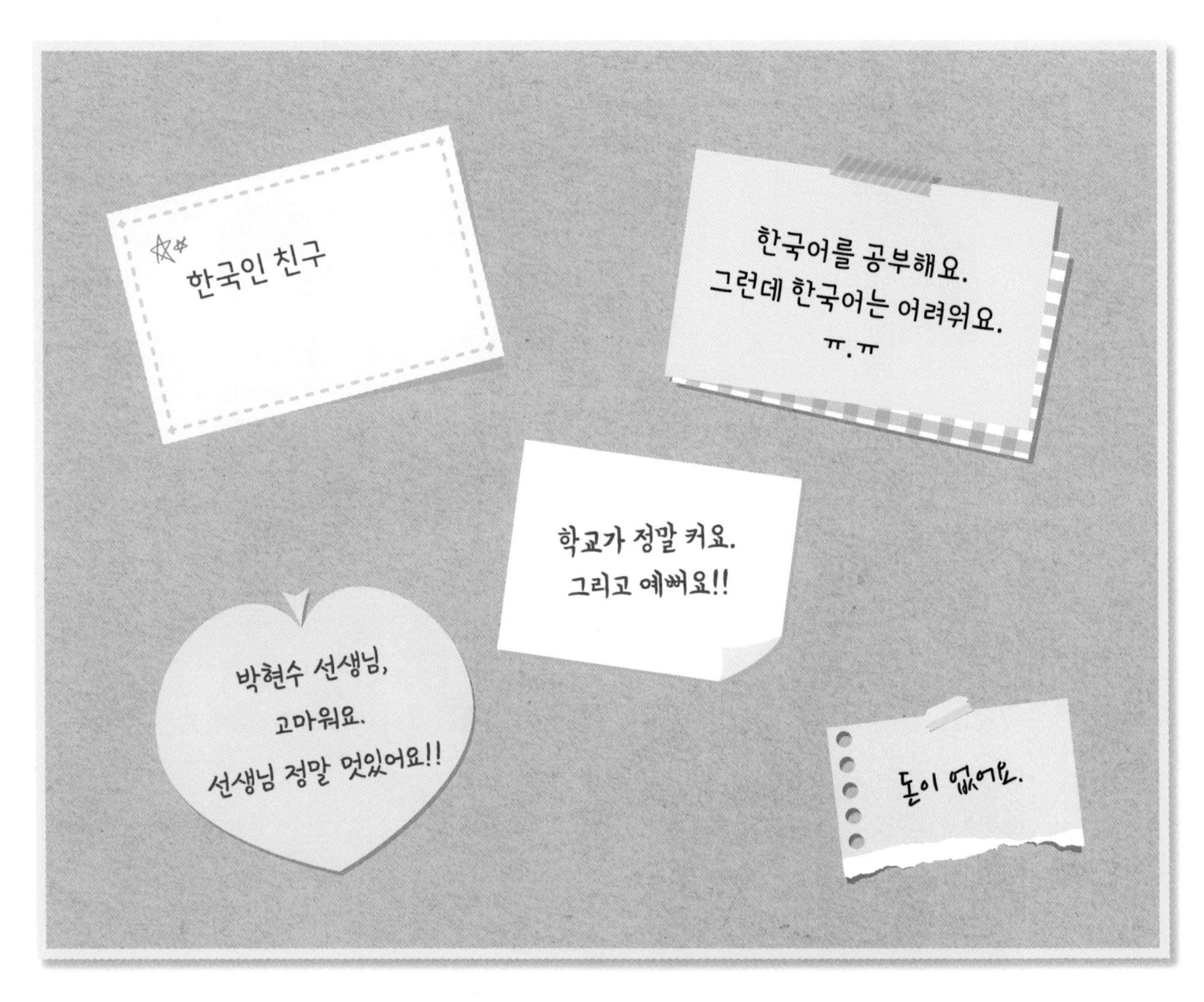

읽어요 1

1 다음을 읽고 맞는 그림에 ◯표 하세요.
請讀完以下的內容後，在正確的圖片上標示 ◯ 。

1) 우리 교실이에요.

2) 화장실이에요.

3) 웨이 씨 시계예요.

4) 지우개예요.

5) 돈이 있어요.

2 **무엇이 어때요? 단어를 찾아 문장을 만드세요.**

什麼東西如何？請找出單字造句。

재미있다
크다
멋있다
비싸다
어렵다
많다
맛없다
아프다
쉽다
나쁘다
있다
좋다

1) 한국어가 ______________________.

2) 교실이 ______________________.

3) 친구가 ______________________.

4) 안경이 ______________________.

5) 컴퓨터가 ______________________.

읽어요 2

1 **그림을 설명한 문장을 읽으세요.**

請讀一讀說明圖片的句子。

1)	교	실	이		커	요	.									
2)	책	상	에		볼	펜	이		많	아	요	.				
3)	학	생	이		음	악	을		들	어	요	.				
4)	교	실	에		컴	퓨	터	가		없	어	요	.			

2 그림하고 같아요? 다른 부분을 고쳐 쓰세요.
跟圖片一樣嗎？請將不一樣的部分重新書寫。

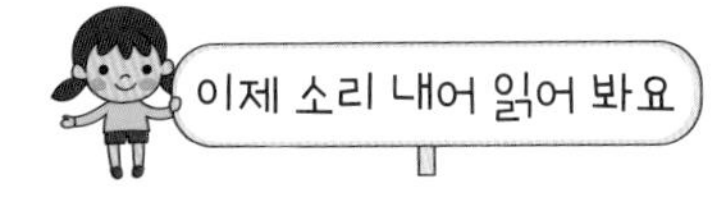

 읽어요 3

1 다음 글을 읽고 친구를 그린 그림을 고르세요.
請讀完以下的短文後，選出朋友畫的圖片。

> 내 친구 오정환이에요. 친구는 커요. 멋있어요. 그리고 정말 재미있어요. 친구는 경찰이에요. 많이 바빠요. 오늘은 친구가 쉬어요. 친구를 만나요. 같이 밥을 먹어요. 놀아요.
>
> 같이 → 一起

① 

② 

③ 

④ 

2 다시 읽고 내용과 같으면 ○, 다르면 ×에 표시하세요.

請重新閱讀後，與內容相同的話請標示 ○ ，不同的話請標示 × 。

1) 친구는 오늘 바빠요. ○ ×

2) 친구 이름은 오정환이에요. ○ ×

3) 나는 오늘 친구를 만나요. ○ 

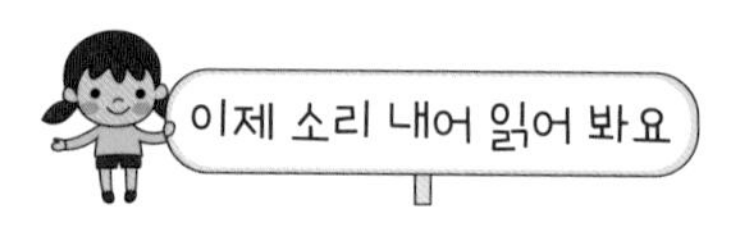

일상생활에 대한 글을 읽고 이해할 수 있어요?	

더 읽어요

● 다음을 읽고 쓰세요.

請讀完以下的內容後書寫。

우리 학교예요. 학교가 정말 커요. 아름다워요. 나무하고 꽃이 많아요. 한국 학생도 있고 외국 학생도 있어요. 고양이도 있어요. 고양이가 정말 귀여워요.

1)
2)
3)
4)
5)

읽기 4

장소 場所

장소에 대한 글을 읽고 이해할 수 있다.

생각해 봐요

● 다음 사진을 보세요. 어디인지 이곳에서 무엇을 하는지 이야기해 보세요.
請看以下的照片，說一說這是哪裡，在這裡做什麼。

읽어요 1

1 다음을 읽고 맞는 그림을 연결하세요.
請讀完以下的內容後，連接相符的圖片。

1) 식당이에요. •

2) 병원에 가요. •

3) 화장실이 있어요. •

4) 공항에 가요. •

5) 학교에서 한국어를 공부해요. •

6) 카페에서 커피를 마셔요. •

• ① 

• ② 

• ③ 

• ④ 

• ⑤ 

• ⑥ 

• ⑦ 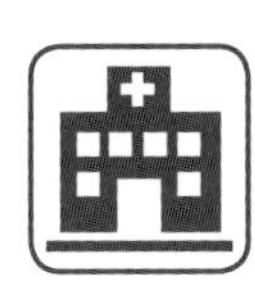

2 다음을 읽고 그림과 같으면 ○, 다르면 ×에 표시하세요.

請讀完以下的內容後，與圖片相同的話請標示 ○ ，不同的話請標示 × 。

1) 집에서 쉬어요.

○ ×

2) 백화점에서 옷을 사요.

○ 

3) 영화관에서 영화를 봐요.

○ ×

4) 도서관에서 책을 읽어요.

○ 

5) 식당에서 밥을 먹어요.

○ ×

6) 카페에서 음악을 들어요.

○ 

읽어요 2

1 다음 문장을 읽고 그림과 같으면 ○, 다르면 ×에 표시하세요.

請讀完下面的句子後，與圖片相同的話請標示 ○ ，不同的話請標示 × 。

1) 다니엘 씨는 은행에 가요. ○ ×

2) 나쓰미 씨는 편의점에서 빵을 사요. ○ ×

3) 무함마드 씨는 학교에서 텔레비전을 봐요. ○ ×

4) 카밀라 씨는 카페에서 친구하고 이야기해요. ○ ×

2 **다시 읽고 그림하고 다른 부분을 고치세요.**
請重新閱讀後，修改跟圖片不同的部分。

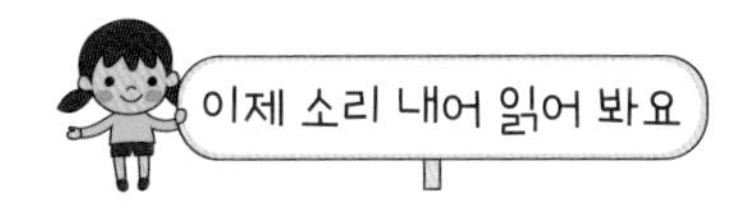

 읽어요 3

1 **다음 글을 읽으세요. 이 사람은 지금 어디에 있어요? 쓰세요.**
請讀以下的短文，這個人現在在哪裡？請寫下來。

이곳은 하늘공원이에요. 저는 여기를 좋아해요. 공원이 커요. 그리고 예뻐요. 공원에 의자가 많이 있어요. 저는 여기에서 책을 읽어요. 그리고 음악을 들어요.

2 다시 읽고 내용과 같으면 ○, 다르면 ×에 표시하세요.
請重新閱讀後，與內容相同的話請標示 ○ ，不同的話請標示 × 。

1) 이곳은 의자가 적어요. ○ ×

2) 이 사람은 여기에서 음악을 들어요. ○ ×

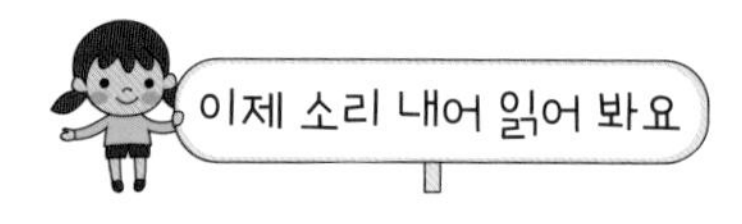

장소에 대한 글을 읽고 이해할 수 있어요?	☆☆☆☆☆

● **다음을 읽고 이 사람이 이곳에 가는 이유를 쓰세요.**
請讀完以下的內容後，寫出這個人去這個地方的原因。

여러분은 어디에서 쇼핑을 해요? 저는 시장에 가요. 시장에 빵, 과자, 가방, 옷이 있어요. 편의점하고 백화점은 비싸요. 시장은 싸요. 그래서 시장에 가요. 그리고 저는 거기에서 한국 사람을 많이 봐요. 한국 사람하고 이야기를 해요. 재미있어요.

읽기 5

물건 사기 買東西

물건 사기에 대한 글을 읽고 이해할 수 있다.

생각해 봐요

● **다음을 보세요. 무엇인지 이야기해 보세요.**
請看以下的內容，說一說這是什麼。

품목	수량	가격
샴푸	1	10,000
휴지	3	4,500
초콜릿	1	1,500
합계		16,000

읽어요 1

1 다음을 읽고 그림의 번호를 쓰세요.
請讀完以下的內容後，寫出圖片的號碼。

1) 비누예요. ______
2) 과자가 맛있어요. ______
3) 김밥을 먹어요. ______
4) 샴푸가 비싸요. ______
5) 치약하고 칫솔이 있어요. ______
6) 사탕하고 초콜릿을 사요. ______

2 **다음을 읽고 그림에 맞게 색칠하세요.**

請讀完以下的內容後，在圖片塗上適當的顏色。

1) 커피 세 잔 주세요.

2) 공책이 한 권 있어요.

3) 콜라를 다섯 병 사요.

4) 고양이 두 마리가 있어요.

5) 아이스크림 네 개를 먹어요.

6) 한국 친구가 두 명 있어요.

읽어요 2

1 다음 문장을 읽고 그림과 같으면 ○, 다르면 ×에 표시하세요.
請讀完以下的句子後，與圖片相同的話請標示 ○ ，不同的話請標示 × 。

1) 두엔 씨는 연필 세 개하고 노트를 사요. ○ ×

2) 웨이 씨는 과자 네 개, 콜라 두 개, 초콜릿 한 개를 사요. ○ ×

3) 무함마드 씨는 치약하고 칫솔하고 샴푸하고 휴지를 사요. ○ ×

4) 나쓰미 씨는 휴대폰을 사요. 칠십팔만 원이에요. ○ ×

2 다시 읽고 그림하고 다른 부분을 고치세요.
請重新閱讀後，修改跟圖片不同的部分。

읽어요 3

1 이 사람은 어디에서 점심을 먹어요? 왜 거기에서 먹어요? 다음을 읽고 쓰세요.
這個人在哪裡吃午飯？為什麼在那裡吃？請讀完後寫下來。

저는 편의점에서 점심을 먹어요. 식당 김밥은 삼천오백 원이에요. 편의점 김밥은 이천 원이에요. 많이 싸요. 오늘 점심에는 라면 한 개, 콜라 한 개를 사요. 그리고 커피도 두 개 사요. 커피 하나는 내가 마셔요. 하나는 친구를 줘요.

어디에서?

왜?

2 다시 읽고 내용과 같은 것을 고르세요.
請重新閱讀後，選出與內容相符的答案。

① 편의점 김밥은 이천 원이에요.

② 이 사람은 커피를 두 개 마셔요.

③ 이 사람은 오늘 점심에 김밥을 먹어요.

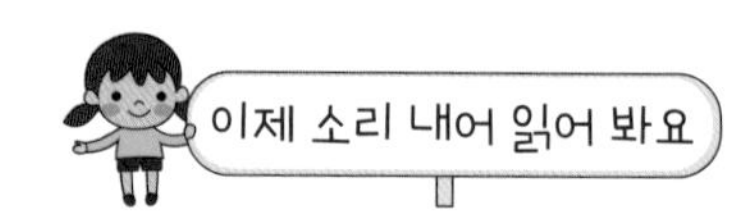

물건 사기에 대한 글을 읽고 이해할 수 있어요?	☆ ☆ ☆ ☆ ☆

더 읽어요

● **다음을 읽고 빈칸에 숫자를 쓰세요.**
請讀完以下的內容後，在空格中填上數字。

행복 마트 2+1 행사!!

두 개 사면 하나를 더 드립니다.

커피 1개	₩ 800	➡	커피 3개	₩ 1,600
치약 1개	₩ 2,500	➡	치약 3개	₩

읽기 6

하루 일과 一天的作息

하루 일과에 대한 글을 읽고 이해할 수 있다.

생각해 봐요

● 다음을 보세요. 무엇인지 이야기해 보세요.
請看以下的內容，說一說是什麼內容。

읽어요 1

1 다음 문장을 읽고 그림과 같으면 ○, 다르면 ×에 표시하세요.
請讀完以下的句子後，與圖片相同的話請標示 ○ ，不同的話請標示 × 。

1) 열한 시 이십 분이에요.

 ×

2) 지금 여섯 시 일 분이에요.

 ×

3) 삼월 삼 일 열 시에 시작해요.

 ×

2 다음 시간표를 보고 질문에 답하세요.
請看完以下的時間表後，回答問題。

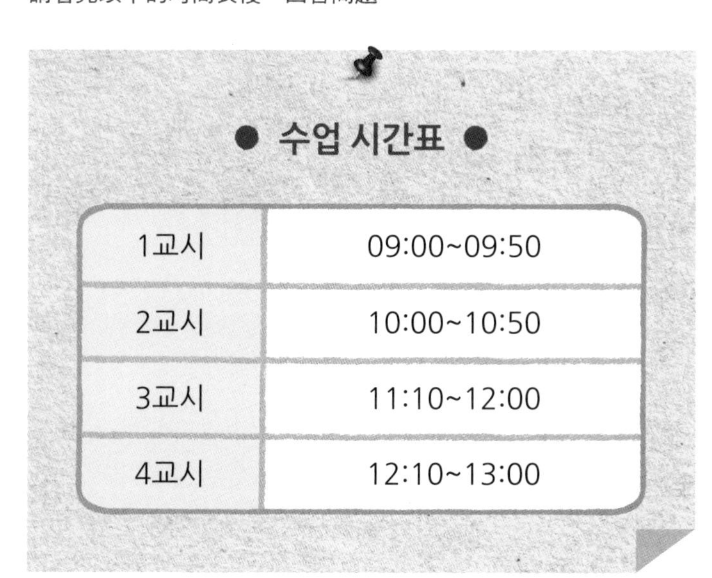

● 수업 시간표 ●

1교시	09:00~09:50
2교시	10:00~10:50
3교시	11:10~12:00
4교시	12:10~13:00

1) 1교시 수업이 몇 시에 시작해요?

2) 4교시 수업이 몇 시에 끝나요?

읽어요 2

1 다음을 읽고 이 사람이 오전에 하는 것을 모두 고르세요.
請讀完以下的內容後，選出這個人上午做的所有事情。

저는 한국어 선생님이에요. 보통 월요일부터(從……) 금요일까지(到……) 학교에 가요. 아침 여섯 시에 일어나요. 그리고 운동을 하고 아침을 먹어요. 여덟 시에 학교에 가요. 저녁 여섯 시에 집에 와요. 저녁은 집에서 가족(家人)하고 먹어요. 그리고 같이 티브이를 봐요. 밤 열한 시에 자요.

① 
② 
③ 
④ 

2 다시 읽고 내용과 같은 것을 고르세요.
請重新閱讀後，選出與內容相符的答案。

① 이 사람은 학생이에요.

② 이 사람은 친구하고 저녁을 먹어요.

③ 이 사람은 저녁에 티브이를 봐요.

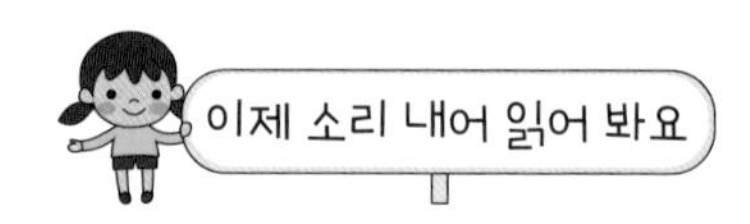

읽어요 3

1 다음을 읽고 내용과 같은 것을 고르세요.
請讀完以下的內容後，選出與內容相符的答案。

晚

토요일은 늦게 일어나요. 보통 아홉 시에 일어나요. 그리고 카페에 가요. 거기에서 아침을 먹어요. 빵하고 커피를 먹어요. 책을 읽어요. 오후 두 시에 집에 와요. 두 시부터 다섯 시까지 집에서 쉬어요. 게임을 하고 티브이를 봐요. 토요일에는 운동을 안 해요. 밤 열두 시쯤 자요.

左右

2 다시 읽고 내용과 같은 것을 고르세요.
請重新閱讀後，選出與內容相符的答案。

① 이 사람은 아침에 게임을 해요.

② 이 사람은 카페에서 책을 읽어요.

③ 이 사람은 토요일에 아침을 안 먹어요.

하루 일과에 대한 글을 읽고 이해할 수 있어요?	☆☆☆☆☆

더 읽어요

● **다음을 읽고 내용과 같으면 ○, 다르면 ×에 표시하세요.**
請讀完以下的內容，與內容相同的話請標示 ○ ，不同的話請標示 × 。

저는 지금 한국 서울에 살아요. 서울에서 회사에 다녀요. 보통 아침 일곱 시에 일어나요. 그리고 여덟 시에 회사에 가요. 보통 아침은 안 먹어요. 아홉 시부터 오후 다섯 시까지 일해요. 저녁에 여자 친구를 만나요. 같이 저녁을 먹어요. 그리고 이야기를 해요. 보통 열한 시에 집에 와요.

1) 이 사람은 회사원이에요. ○ ×

2) 이 사람은 집에서 저녁을 먹어요. ○ ×

읽기 7
한국 생활 韓國生活

한국 생활에 대한 글을 읽고 이해할 수 있다.

생각해 봐요

● 다음을 보세요. 어디에 갔는지 무엇을 했는지 이야기해 보세요.
請看以下的內容，說一說去了哪裡，以及做了什麼。

읽어요 1

1 다음을 읽고 맞는 것에 ◯표 하세요.
請讀完以下的內容後，在正確的答案上標示 ◯ 。

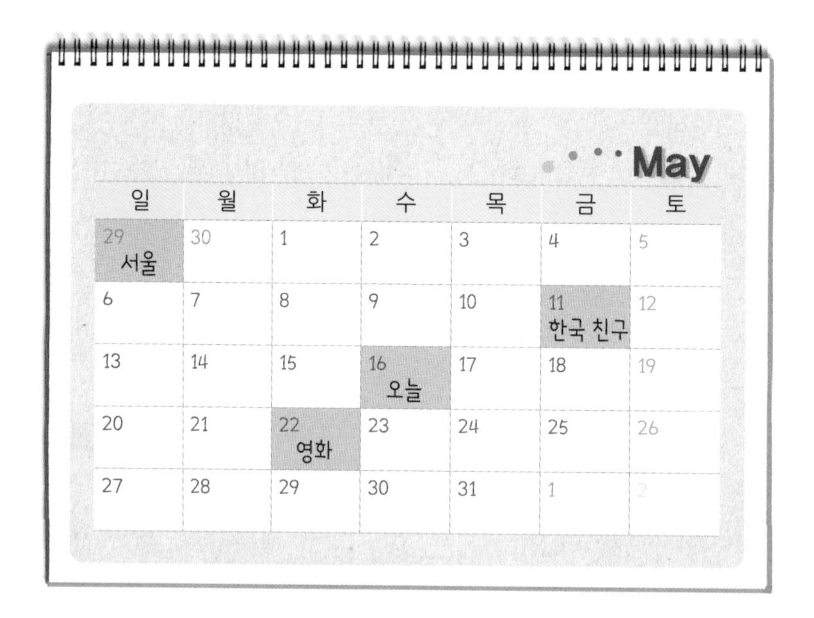

1) [오늘 / 내일]은 오월 십육 일이에요.

2) [지난달 / 이번 달]에 서울에 왔어요.

3) [이번 주 / 다음 주]에 영화를 봐요.

4) [지난주 / 지난달]에 한국 친구를 만났어요.

2 다음을 읽고 순서대로 그림의 번호를 쓰세요.
請讀完以下的內容後，按照順序將圖片的號碼寫上。

1) 저는 보통 아침 일곱 시에 일어나요. 일곱 시 반에 아침을 먹고 샤워를 해요.

____ → ____ → ____

2) 저는 아침에 늦게 일어나요. 아침을 안 먹고 운동을 해요. 그리고 샤워를 해요.

____ → ____ → ____

3) 저는 다섯 시에 일이 끝나요. 저녁을 먹고 운동을 하고 집에 가요.

______ → ______ → ______

4) 저는 집에 일곱 시에 가요. 저녁을 집에서 먹어요. 저녁을 먹고 티브이를 봐요.

______ → ______ → ______

읽어요 2

1 다음을 읽고 이 사람이 언제 한국에 왔는지 고르세요.

請讀完以下的內容後，選出這個人是何時來韓國的。

> 저는 일 년 전에 한국에 왔어요. 지금 한국 회사에 다녀요. 아침부터 저녁까지 회사에서 일해요. 일이 많고 바빠요. 지난주 토요일에는 집에서 쉬었어요. 고향 친구들이 집에 왔어요. 같이 고향 음식을 만들었어요. 정말 좋았어요.
>
> 고향 → 家鄉

① 지난달　② 작년　③ 올해　④ 내년

2 **다시 읽고 내용과 같으면 ○, 다르면 ×에 표시하세요.**
請重新閱讀後，與內容相同的話請標示 ○ ，不同的話請標示 × 。

1) 이 사람은 요리사예요. ○ ×

2) 이 사람은 지난주 토요일에 고향에 갔어요. ○ ×

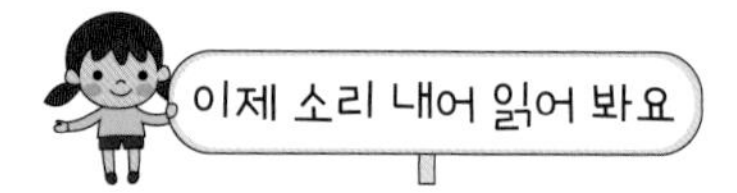

 읽어요 3

1 **이 사람은 왜 한국에 왔어요? 다음을 읽고 쓰세요.**
這個人為什麼來韓國？請讀完後寫出來。

저는 한국 영화를 좋아해요. 그래서 한국에 왔어요. 지금 한국어를 공부해요. 오전에는 학교에 가요. 우리 교실에는 외국인(外國人) 친구들이 많아요. 모두 재미있고 좋아요. 수업이 끝나고 외국인 친구하고 같이 점심을 먹어요. 점심을 먹고 카페에 가요. 거기에서 한국 영화를 보고 한국 배우 이야기를 해요.

2 **다시 읽고 내용과 같은 것을 고르세요.**
請重新閱讀後，選出與內容相符的答案。

① 이 사람은 외국인 친구가 없어요.

② 이 사람은 한국 배우하고 카페에 갔어요.

③ 이 사람은 한국어 공부를 하고 점심을 먹어요.

한국 생활에 대한 글을 읽고 이해할 수 있어요?	☆ ☆ ☆ ☆ ☆

더 읽어요

● **다음을 읽고 내용과 같으면 ○, 다르면 ×에 표시하세요.**
請讀完以下的內容後，與內容相同的話請標示 ○ ，不同的話請標示 × 。

저는 올해 유월에 한국에 왔어요. 그때 한국 친구 집에서 살았어요. 친구 집은 크고 좋아요. 냉장고, 에어컨도 있었어요. 그런데 학교에서 많이 멀었어요. 집에서 학교까지 두 시간쯤 걸렸어요. 너무 힘들었어요. 그래서 지난달에 이사를 했어요. 지금 집은 작아요. 에어컨도 없어요. 그렇지만 학교에서 가까워서 좋아요.

1) 이 사람은 집이 작아서 이사를 했어요. ○ ×

2) 이 사람은 처음에 친구 집에서 살았어요. ○ ×

읽기 8

음식 食物

음식에 대한 글을 읽고 이해할 수 있다.

생각해 봐요

● **다음 메뉴판을 보세요. 음식의 이름을 이야기해 보세요.**
請看以下的菜單，說一說食物的名稱。

읽어요 1

1 다음을 읽고 그림의 번호를 쓰세요.
請完讀以下的內容後，寫上圖片的號碼。

1) 저는 비빔밥을 좋아해요. ______
2) 떡볶이가 맛있어요. ______
3) 김치찌개가 많이 매워요. ______
4) 삼계탕이 싱거워요. ______
5) 저는 어제 돈가스를 먹었어요. ______
6) 저는 냉면을 안 좋아해요. ______

2 다음 메뉴판을 보고 내용과 같으면 ○, 다르면 ×에 표시하세요.

請看完以下的菜單後，與內容相同的話請標示 ○ ，不同的話請標示 × 。

1) 이 식당에 삼계탕이 있어요. ○ ×

2) 순두부찌개는 안 매워요. ○ ×

3) 갈비탕은 팔천 원이에요. ○ ×

읽어요 2

1 다음을 읽고 이 사람이 오늘 점심에 먹은 음식을 쓰세요.
請讀完以下的短文後，寫出這個人今天中午吃的食物。

저는 삼 개월 전에 한국에 왔어요. 보통 아침하고 저녁은 집에서 먹어요. 집에서 음식을 만들어요. 점심은 친구하고 같이 식당에서 먹어요. 학교 근처(附近)에 식당이 많이 있어요. 한국 음식, 중국 음식, 일본 음식, 태국 음식도 있어요. 오늘 점심에는 치킨을 먹었어요. 한국의 치킨은 정말 맛있어요.

2 다시 읽고 내용과 같은 것을 고르세요.
請重新閱讀後，選出與內容相符的答案。

① 이 사람은 음식을 만들어요.

② 학교 근처에 중국 식당이 없어요.

③ 이 사람은 저녁은 식당에서 먹어요.

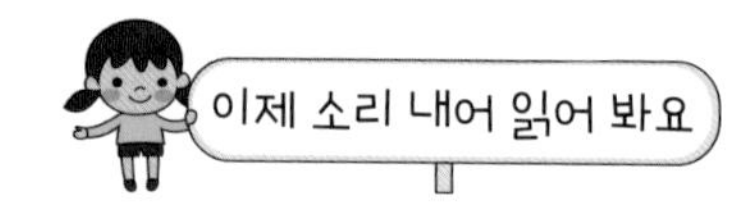

읽어요 3

1 **다음은 나쓰미 씨의 SNS입니다. 누구하고 어디에 갔는지 쓰세요.**
以下是夏美的SNS，請寫出她跟誰去了哪裡。

Natsumi

오늘은 두엔하고 명동에 갔어요. 우리는 명동에서 불고기를 먹었어요. 그 식당에 사람이 많았어요.

불고기는 정말 맛있었어요. 불고기가 안 매웠어요. 그래서 두엔 씨가 좋아했어요. 우리는 삼인분을 먹었어요. 다음에 이 식당에 또 갈래요!

♥ 좋아요 89개

누구 ______ 어디 ______

2 **다시 읽고 내용과 같으면 ◯, 다르면 ✕에 표시하세요.**
請再讀一遍後，與內容相同的話請標示 ◯ ，不同的話請標示 ✕ 。

1) 식당에 사람이 많이 있었어요. ◯ ✕

2) 우리는 불고기 2인분을 먹었어요. ◯ ✕

음식에 대한 글을 읽고 이해할 수 있어요?	☆☆☆☆☆

● 다음을 읽으세요. 무슨 뜻이에요?
請讀以下的內容，這些是什麼意思？

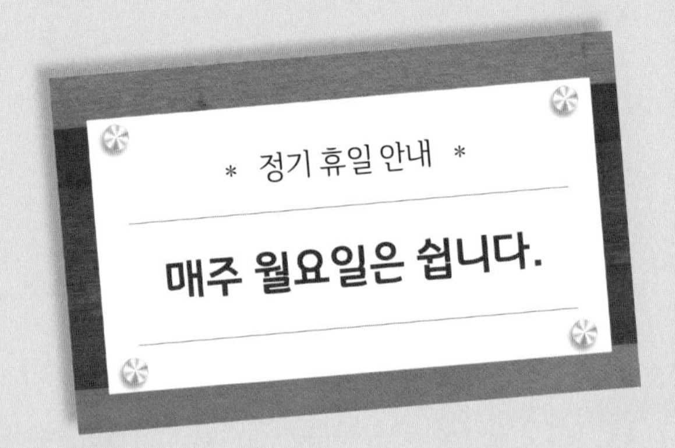

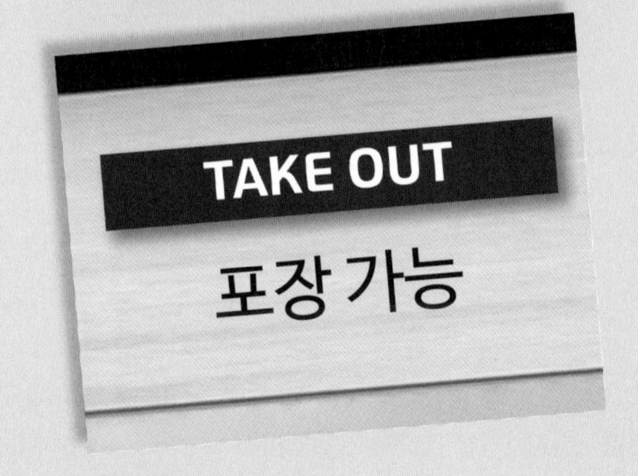

읽기 9

휴일 假日

휴일에 대한 글을 읽고 이해할 수 있다.

생각해 봐요

● 다음을 보세요. 무엇을 안내하는지 이야기해 보세요.
請看以下的內容，說一說這是介紹些什麼。

읽어요 1

1 다음을 읽고 그림과 같으면 ○, 다르면 ×에 표시하세요.
請讀完以下的內容後，與圖片相同的話請標示 ○ ，不同的話請標示 × 。

1) 웨이 씨는 내일 빨래할 거예요.

○ ×

2) 카밀라 씨는 어제 공원에서 사진을 찍었어요.

○ ×

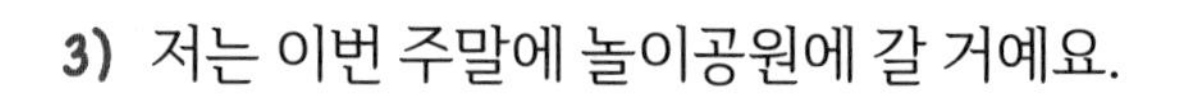

3) 저는 이번 주말에 놀이공원에 갈 거예요.

◯ ✕

4) 저는 요리를 배우고 싶어요.

◯ ✕

5) 저는 오후에 박물관에 갈 거예요.

◯ ✕

2 다음 문장을 읽고 맞는 표현을 연결하세요.

請讀完以下的句子後，連接正確的表現。

1) 저는 10일부터 14일까지 회사에 안 가요. •

2) 금요일부터 일요일까지 계속 휴일이에요. •

3) 12일은 토요일이에요.
그리고 13일은 일요일이에요. •

4) 5일에 한국어 수업이 끝나요.
22일에 수업이 다시 시작될 거예요. •

• ① 주말

• ② 연휴

• ③ 방학

• ④ 휴가

읽어요 2

1 다음을 읽고 이 사람의 휴일이 며칠인지 고르세요.
請讀完以下的內容後，選出這個人假日有幾天？

저는 요리사예요. 식당에서 일해요. 오후 한 시에 출근하고 저녁 늦게 퇴근해요. 주말하고 휴일에는 많이 바빠요. 아침부터 일을 시작해요. 내 시간이 없어요. 이번 주 토요일부터 다음 주 월요일까지 휴가예요. 주말에 친구들을 만날 거예요. 월요일에는 집에서 음식을 만들 거예요. 그리고 가족하고 먹을 거예요.

① 2일 ② 3일 ③ 7일 ④ 10일

2 다시 읽고 내용과 같으면 O, 다르면 ×에 표시하세요.
請重新閱讀後，與內容相同的話請標示 O ，不同的話請標示 ×。

1) 이 사람은 보통 아침에 일을 해요. O ×

2) 이 사람은 휴일에 많이 바빠요. O ×

3) 이 사람은 이번 주말에 집에서 쉴 거예요. O ×

이제 소리 내어 읽어 봐요

읽어요 3

1 다음은 두엔 씨의 휴일 이야기입니다. 읽고 두엔 씨가 한 일을 모두 고르세요.
以下是關於杜安假日的敘述。請讀完後，找出杜安做過的所有事情。

지난주 금요일부터 일요일까지 연휴였어요. 금요일에 학교에 안 갔어요. 아침에 늦게 일어났어요. 오후에는 친구하고 홍대에 갔어요. 홍대에 사람이 정말 많았어요. 우리는 쇼핑을 하고 피자를 먹었어요. 토요일에는 놀이공원에 갔어요. 아침부터 저녁 여덟 시까지 놀이공원에서 놀았어요. 밤 열 시에 집에 왔어요. 피곤했어요. 그렇지만 정말 재미있었어요.

피곤하다 疲憊、疲勞

2 다시 읽고 내용과 같으면 ○, 다르면 ×에 표시하세요.
請重新閱讀後，與內容相同的話請標示 ○ ，不同的話請標示 × 。

1) 지난주 금요일은 휴일이었어요. ○ ×

2) 토요일 저녁 여덟 시에 집에 왔어요. ○ ×

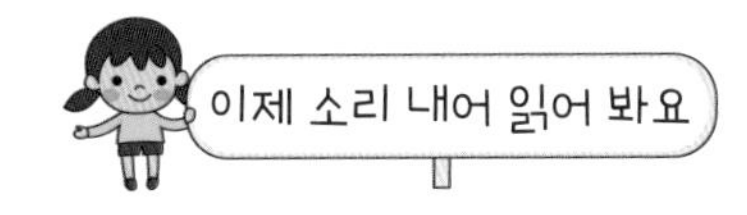

휴일에 대한 글을 읽고 이해할 수 있어요?	☆☆☆☆☆

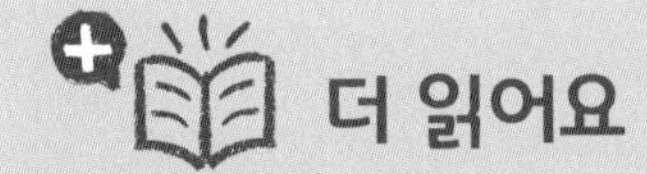

더 읽어요

● **다음을 읽고 내용과 같으면 ○, 다르면 ×에 표시하세요.**
請讀完以下的內容後，與內容相同的話請標示 ○ ，不同的話請標示 × 。

저는 회사원이에요. 삼 년 전부터 회사에 다녔어요. 일은 재미있어요. 그렇지만 너무 바빠요. 휴가에도 못 쉬었어요. 여행도 거의 못 갔어요. 올해 휴가는 팔월에 있어요. 이번에는 꼭 여행을 갈 거예요. 비행기 표도 샀어요. 호텔도 찾고 있어요. 그곳의 맛있는 음식 사진도 매일 봐요. 빨리 팔월이 되면 좋겠어요.

1) 이 사람은 삼 년 전부터 일했어요. ○ ×

2) 이 사람은 올해 휴가를 갔다 왔어요. ○ ×

읽기 10

날씨와 계절 天氣與季節

날씨와 계절에 대한 글을 읽고 이해할 수 있다.

생각해 봐요

● 다음을 보세요. 무엇을 안내하는지 이야기해 보세요.
請看以下的內容，說一說這是在告知什麼。

대한민국, 서울

25℃ 맑음

12일(화요일)	13일(수요일)	14일(목요일)	15일(금요일)	16일(토요일)	17일(일요일)	18일(월요일)
26℃	22℃	21℃	24℃	26℃	25℃	23℃

읽어요 1

1 다음을 읽고 그림과 같으면 ○, 다르면 ✕에 표시하세요.
請讀以下的內容，與圖片相同的話請標示 ○ ，不同的話請標示 ✕ 。

1) 정말 추워요.

○ ✕

2) 바람이 많이 불어요.

○ ✕

3) 서울은 어제 비가 왔어요.

O X

4) 공원에 단풍이 들었어요.

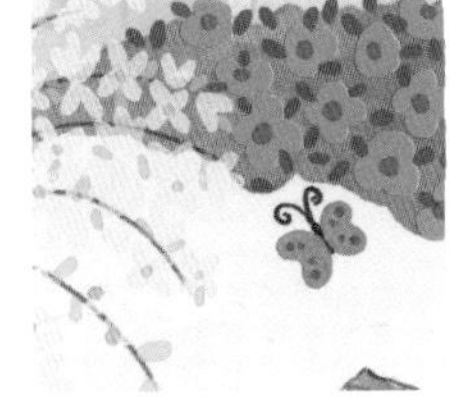

O X

5) 시원해서 좋아요.

O X

2 다음을 읽고 맞는 그림을 연결하세요.

請讀完以下內容後，連接相符的圖片。

1) 저는 수영을 못 해요. • • ①

2) 어제 잠을 못 잤어요. • • ②

3) 옷이 비싸서 못 샀어요. • • ③

4) 비가 와서 운동을 못 해요. • • ④

5) 바빠서 밥을 못 먹어요. • • ⑤

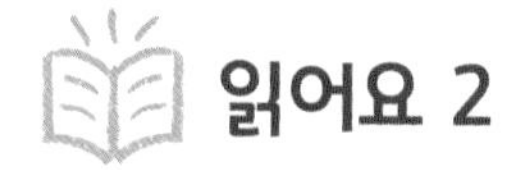

읽어요 2

1 지금은 어느 계절이에요? 쓰세요.
現在是什麼季節？請寫下來。

오늘 오전에는 날씨가 아주 맑았어요. 바람도 안 불고 따뜻했어요. 그래서 수업이 끝나고 꽃구경을 가고 싶었어요. 그런데 수업 시간에 비가 왔어요. 바람도 많이 불었어요. 비가 와서 날씨도 조금 추웠어요. 저는 우산이 없었어요. 그래서 꽃구경을 못 갔어요. 집에 일찍 왔어요.

2 다시 읽고 내용과 같은 것을 고르세요.
請重新閱讀後，選出與內容相符的答案。

① 오늘은 아침부터 비가 왔어요.

② 이 사람은 오늘 우산이 없었어요.

③ 이 사람은 비가 와서 학교에 안 갔어요.

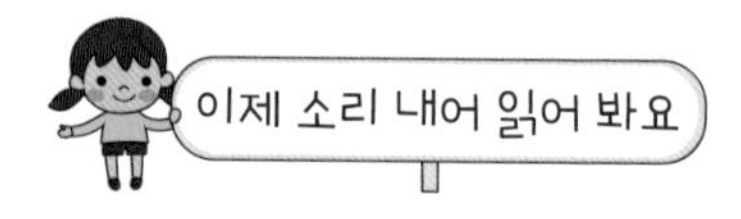

읽어요 3

1 **지금 한국의 날씨는 어때요? 다음을 읽고 고르세요.**
現在韓國的天氣如何？請讀以下的內容後選出正確圖片。

> 저는 올해 칠월에 한국에 왔어요. 그때 한국은 여름이었어요. 날씨가 많이 더웠고 비도 왔어요. 한국어 수업이 있어서 바닷가에도 못 갔어요. 너무 힘들었어요. 지금 한국은 가을이에요. 날씨가 시원하고 비도 안 와요. 하늘(→天空)은 맑고 단풍이 들어서 아주 예뻐요. 그래서 이번 주말에 친구들하고 단풍 구경을 갈 거예요.

① 
② 
③ 
④ 

2 **다시 읽고 내용과 같은 것을 고르세요.**
請重新閱讀後，選出與內容相符的答案。

① 이 사람은 작년 여름에 힘들었어요.

② 이 사람은 올해 여름에 한국에 왔어요.

③ 이 사람은 이번 주말에 바다에 갈 거예요.

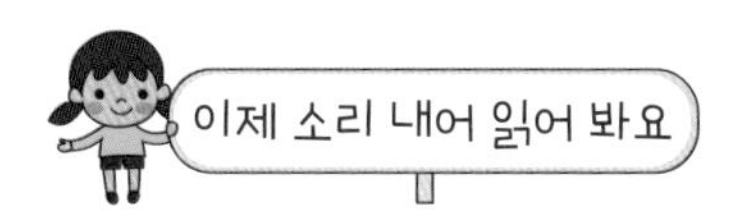

날씨와 계절에 대한 글을 읽고 이해할 수 있어요?	☆☆☆☆☆

더 읽어요

● **다음 날씨 안내를 읽고 다른 곳을 찾아보세요.**
請讀完以下的天氣預報後，找出不同的地方。

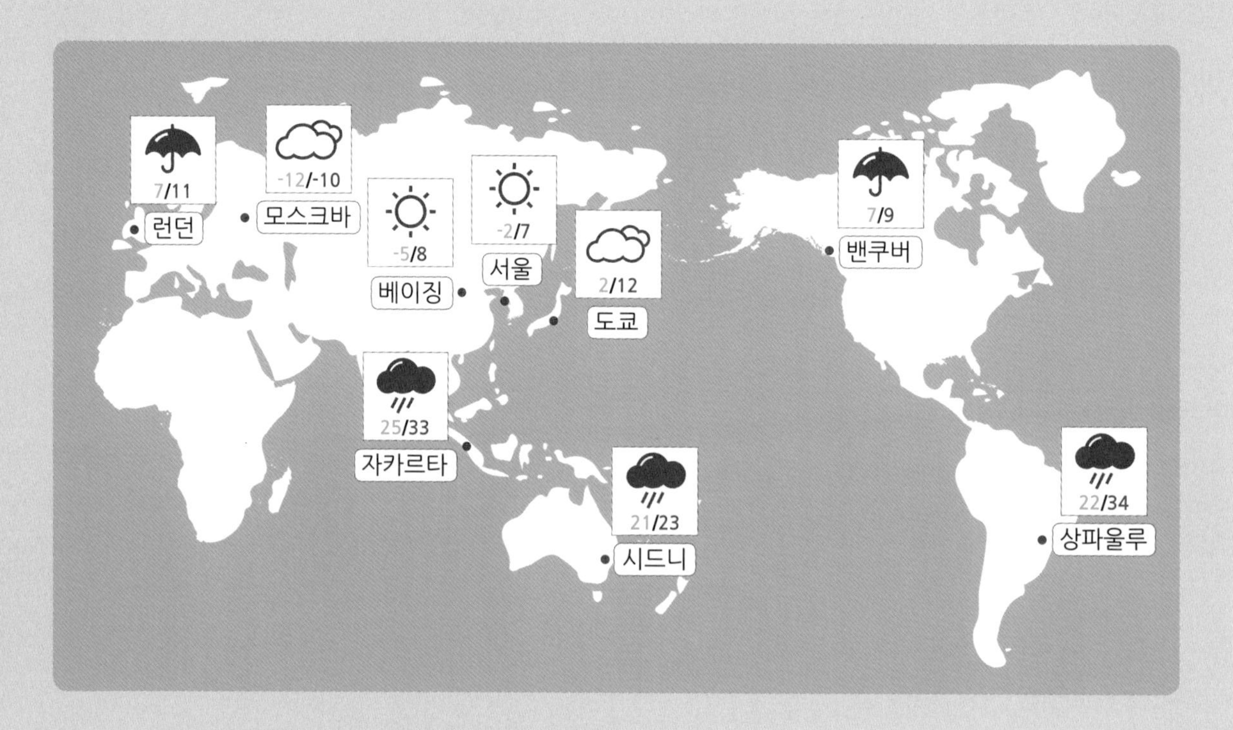

세계의 오늘 날씨예요. 오늘 서울은 맑고 조금 추워요. 도쿄와 베이징은 흐려요. 런던과 밴쿠버는 비가 와요. 모스크바는 눈이 오고 추워요. 자카르타와 상파울루는 흐리고 비가 와요. 그리고 많이 더워요. 시드니는 오늘 비가 안 와요.

단어 찾기

● **다음에서 음식 이름을 찾으세요.**

請在以下的圖中找出食物的名稱。

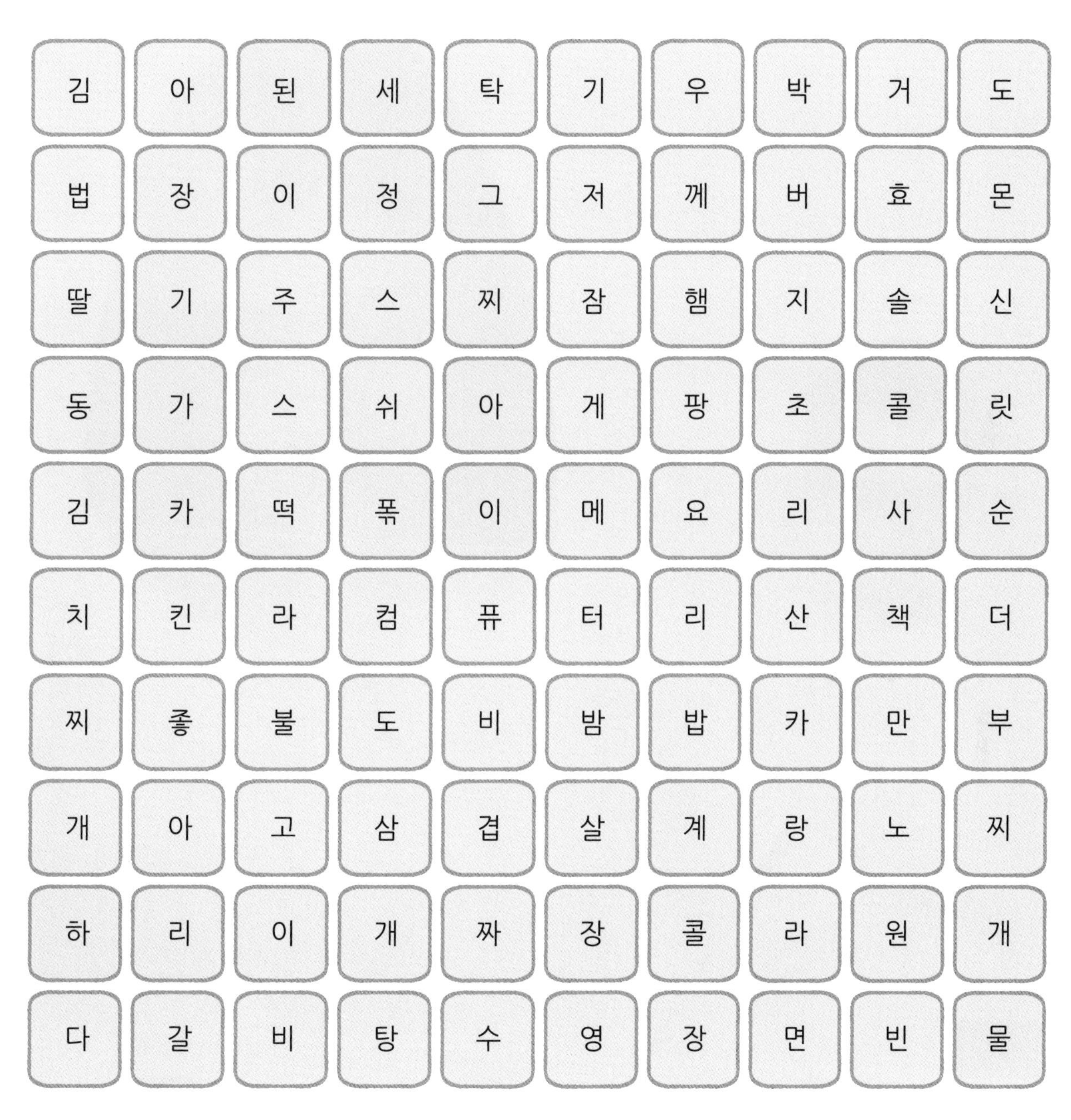

김	아	된	세	탁	기	우	박	거	도
법	장	이	정	그	저	께	버	효	몬
딸	기	주	스	찌	잠	햄	지	솔	신
동	가	스	쉬	아	게	팡	초	콜	릿
김	카	떡	폭	이	메	요	리	사	순
치	킨	라	컴	퓨	터	리	산	책	더
찌	좋	불	도	비	밤	밥	카	만	부
개	아	고	삼	겹	살	계	랑	노	찌
하	리	이	개	짜	장	콜	라	원	개
다	갈	비	탕	수	영	장	면	빈	물

쓰기

寫作

쓰기 1

자기소개 自我介紹

자기를 소개하는 글을 쓸 수 있다.

써요 1

1 이름이 무엇이에요? 다음과 같이 쓰세요.

叫什麼名字？請照著以下的範例寫一寫。

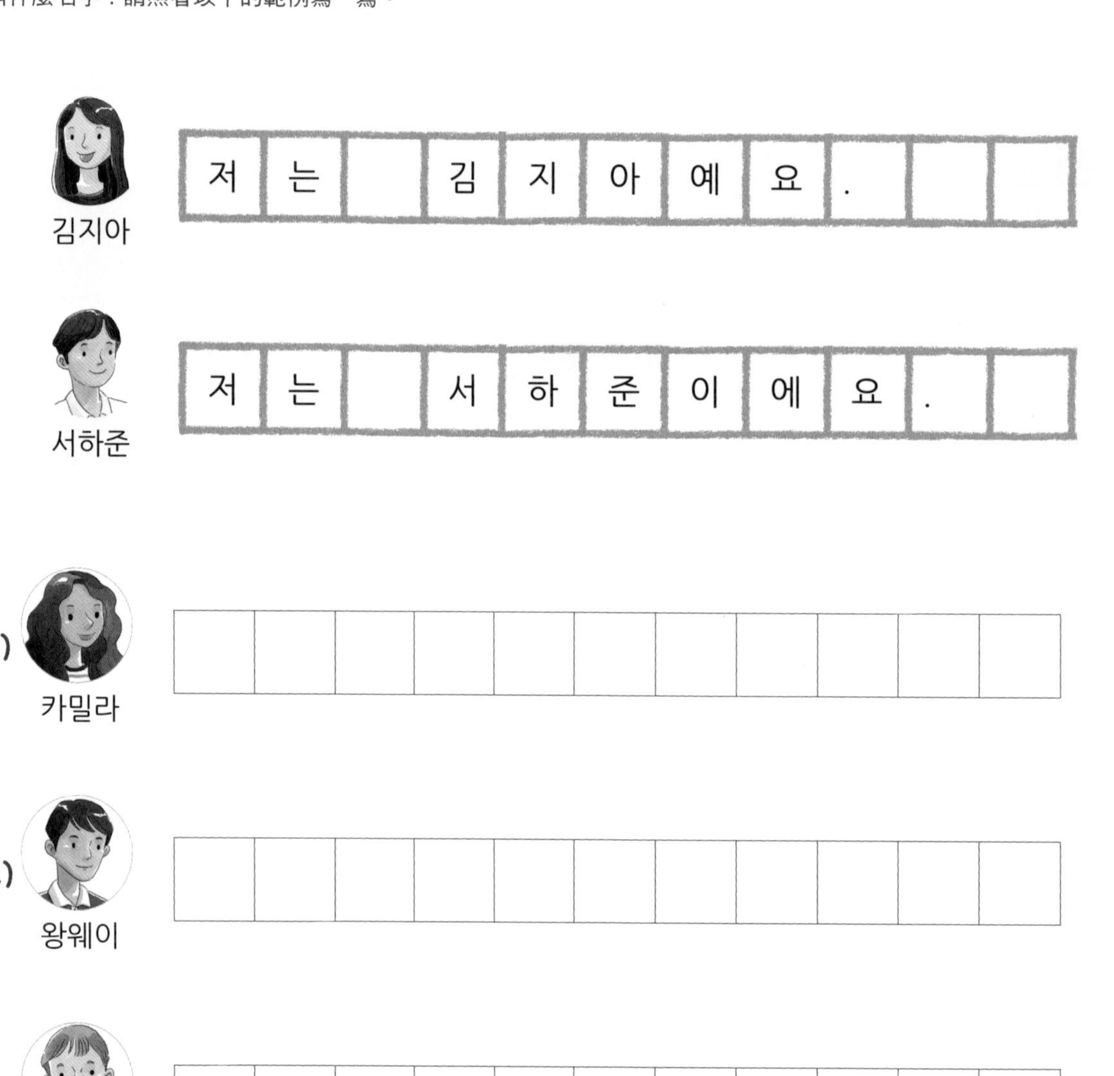

2 어느 나라 사람이에요? 다음과 같이 쓰세요.

是哪國人？請照著以下的範例寫一寫。

베트남

베	트	남		사	람	이	에	요	.
베	트	남	에	서		왔	어	요	.

1) 몽골

2) 이집트

3) 태국

4) 칠레

5) 프랑스

6) 인도

3 **직업이 무엇이에요? 다음과 같이 쓰세요.**

工作是什麼？請照著以下的範例寫一寫。

써요 2

● **다음 사람을 소개하는 글을 쓰세요.**
請寫一篇介紹以下人物的文章。

• 패트릭 메이슨
• 캐나다
• 운동선수

1 표를 보고 다음에 대해 생각해 보세요.
請看完圖表後，思考看看以下的提問。

1) 이름이 무엇이에요?

2) 어느 나라 사람이에요?

3) 직업이 무엇이에요?

2 시작과 끝 인사는 어떻게 할까요?
打招呼該如何開始和結束？

3 생각한 것을 글로 쓰세요.
請將思考的內容寫成一篇文章。

자기를 소개하는 글을 쓸 수 있어요?	☆ ☆ ☆ ☆ ☆

쓰기 2

일상생활 I 日常生活 I

일상생활을 소개하는 글을 쓸 수 있다.

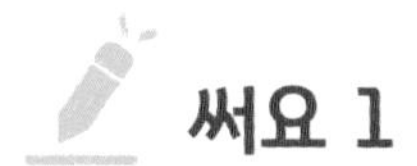

써요 1

1 무엇이에요? 다음과 같이 쓰세요.
這是什麼？請照著以下的範例寫一寫。

책	이	에	요	.			

1)

2)

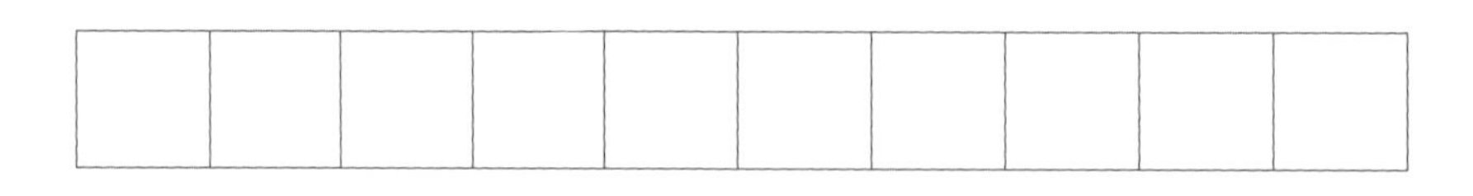

3)

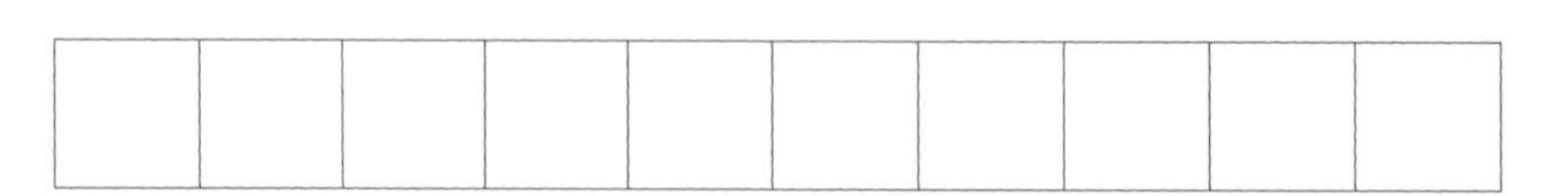

4)

5)

6)

2 무엇을 해요? 다음과 같이 쓰세요.

在做什麼？請照著以下的範例寫一寫。

가다

가	요	.		

먹다

먹	어	요	.	

1) 자다

2) 읽다

3) 보다

4) 마시다

5) 듣다

6) 살다

7) 운동하다

8) 전화하다

3 관계있는 것을 연결하고 다음과 같이 문장을 쓰세요.

請將相關的選項連接起來後，照著以下範例造句。

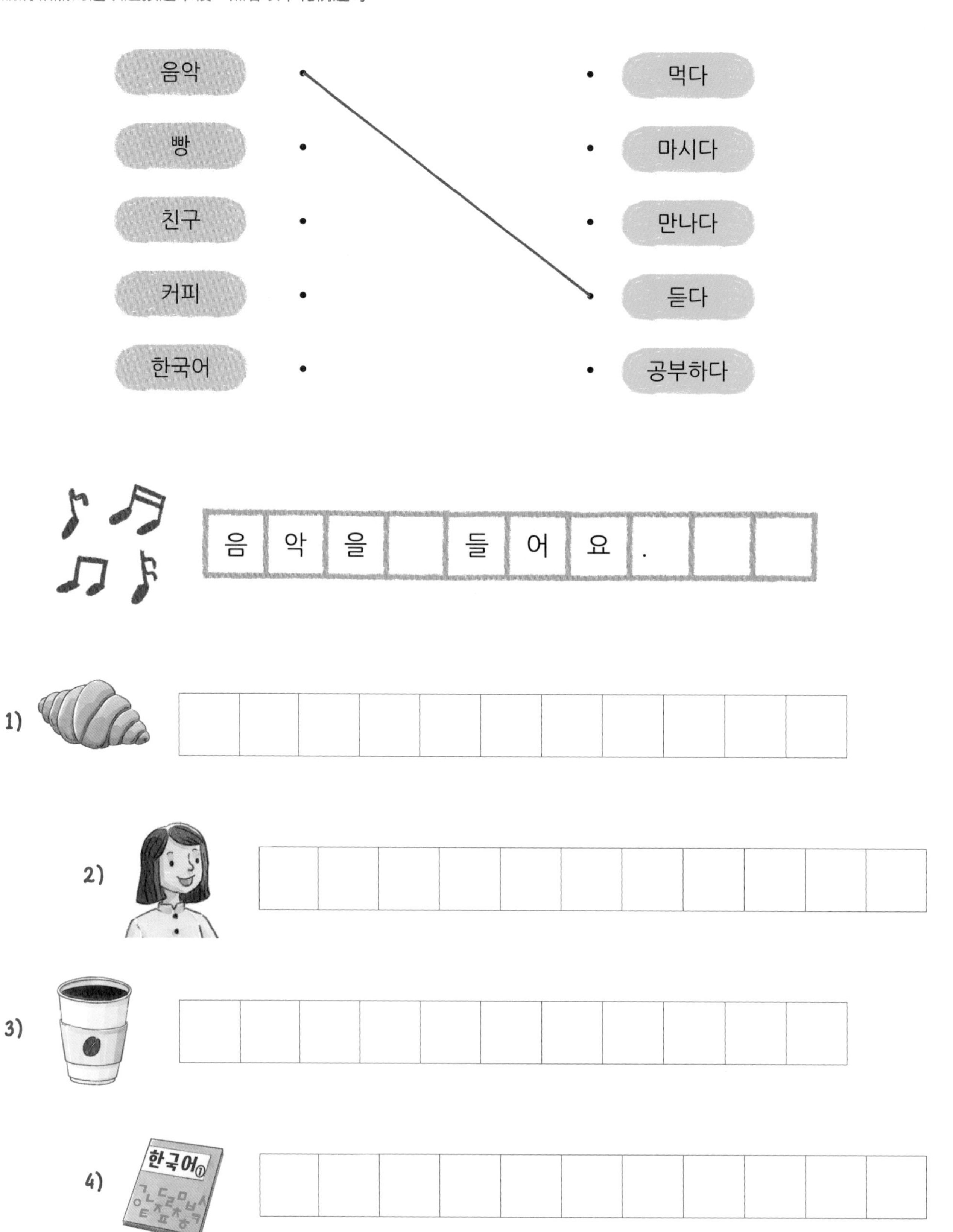

써요 2

● 다음 그림을 보고 일상생활을 소개하는 글을 쓰세요.
請看完以下的圖片後，寫一篇介紹日常生活的文章。

1 그림을 보고 다음에 대해 생각해 보세요.
請看完圖片後，思考看看以下的提問。

1) 두엔 씨는 무엇을 해요?

2) 두엔 씨는 누구하고 해요?

2 생각한 것을 글로 쓰세요.
請將思考的內容寫成一篇文章。

일상생활을 소개하는 글을 쓸 수 있어요?	☆☆☆☆☆

쓰기 3

일상생활 II 日常生活 II

일상생활에 대한 글을 쓸 수 있다.

써요 1

1 어때요? 다음과 같이 쓰세요.
如何呢？請照著以下的範例寫一寫。

많다

많	아	요	.	

크다

커	요	.		

1) 작다

2) 좋다

3) 있다

4) 바쁘다

5) 쉽다

6) 예쁘다

7) 재미없다

8) 맛있다

2 **다음과 같이 질문과 대답을 쓰세요.**
請照著以下的範例寫下提問與回答。

한국어 공부, 재미있다 YES	한국어 공부가 재미있어요? 네, 한국어 공부가 재미있어요.
한국어 공부, 재미있다 NO	한국어 공부가 재미있어요? 아니요, 한국어 공부가 재미없어요.

1) 학교, 좋다
YES

2) 교실, 크다
NO

3) 한국어, 어렵다
NO

4) 한국 친구, 있다
YES

3 **그림을 보고 문장을 쓰세요.**
請看完圖片後造句。

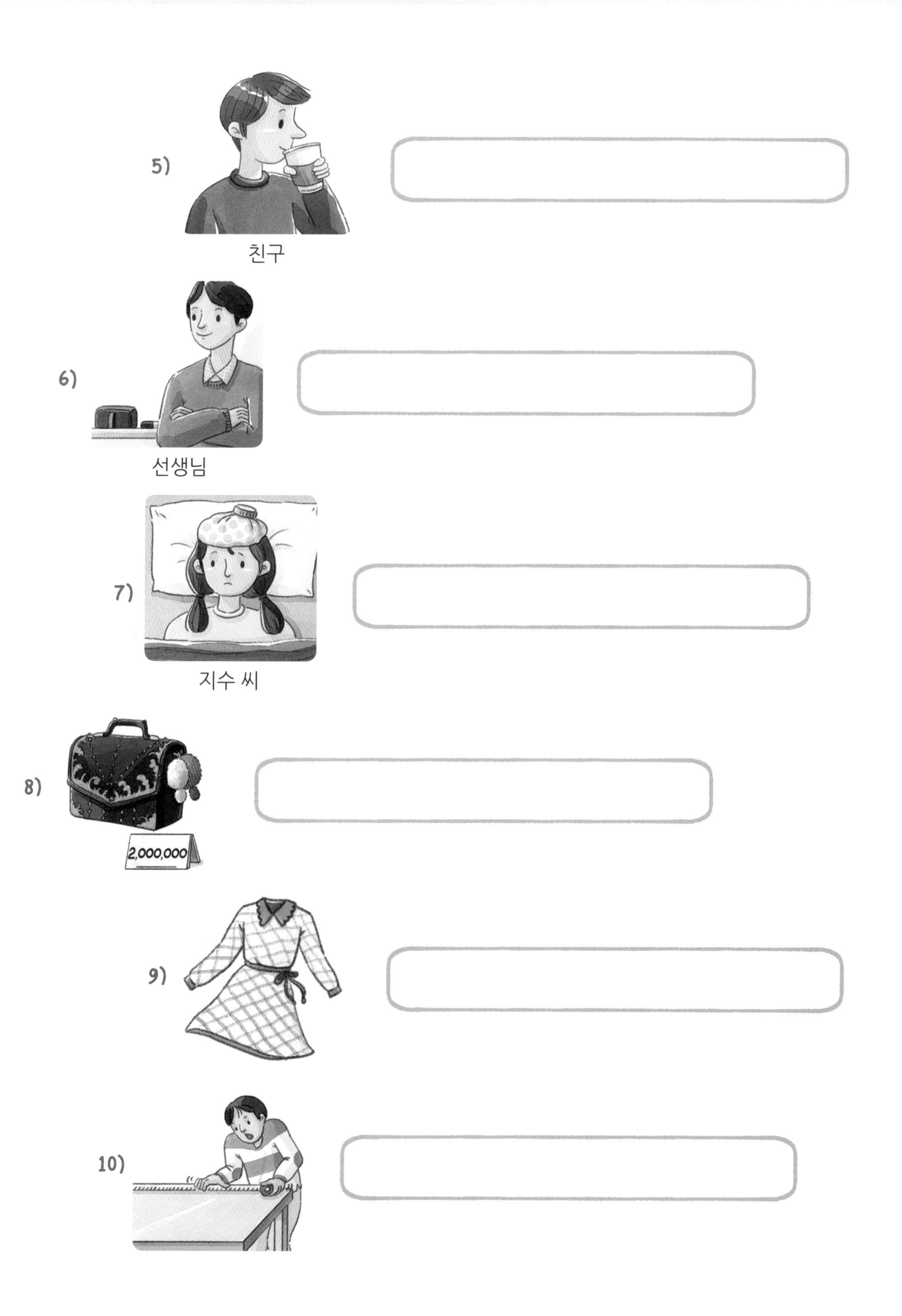
5)
친구
6)
선생님
7)
지수 씨
8)
2,000,000
9)
10)

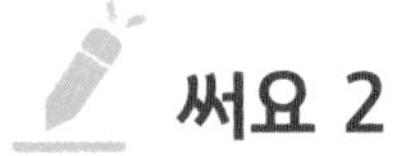

써요 2

● **다음 그림을 보고 일상생활에 대한 글을 쓰세요.**
請看完以下的圖片後，寫一篇關於日常生活的文章。

1 그림을 보고 다음에 대해 생각해 보세요.
請看完圖片後，思考看看以下的提問。

1) 웨이 씨는 오늘 무엇을 해요?

2) '다니엘 씨', '빵', '커피'는 어때요?

2 생각한 것을 글로 쓰세요.
請將思考的內容寫成一篇文章。

일상생활에 대한 글을 쓸 수 있어요?	☆ ☆ ☆ ☆ ☆

쓰기 4
장소 場所

장소에서 하는 일에 대한 글을 쓸 수 있다.

써요 1

1 어디에 가요? 다음과 같이 쓰세요.
去哪裡？請照著以下的範例寫一寫。

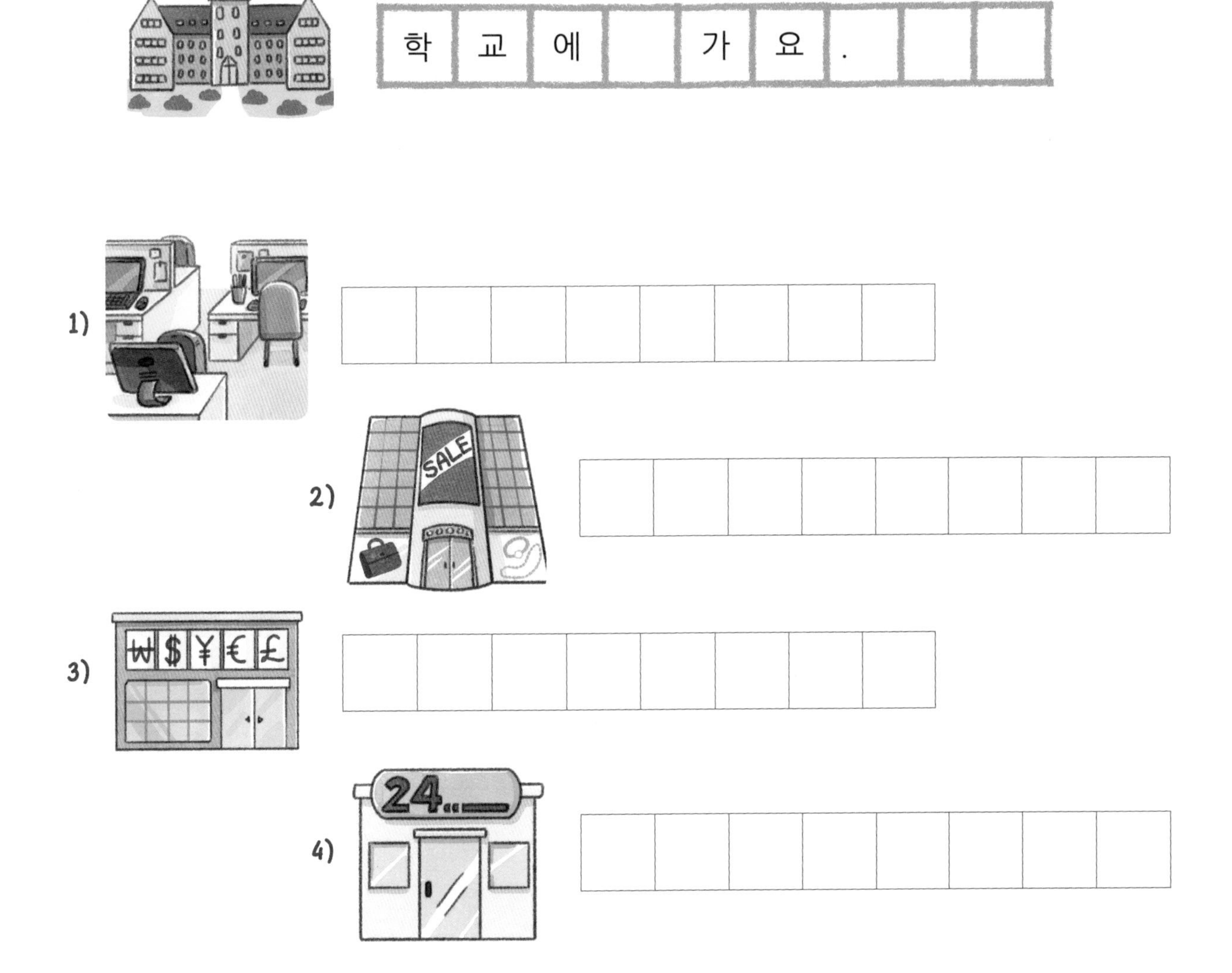

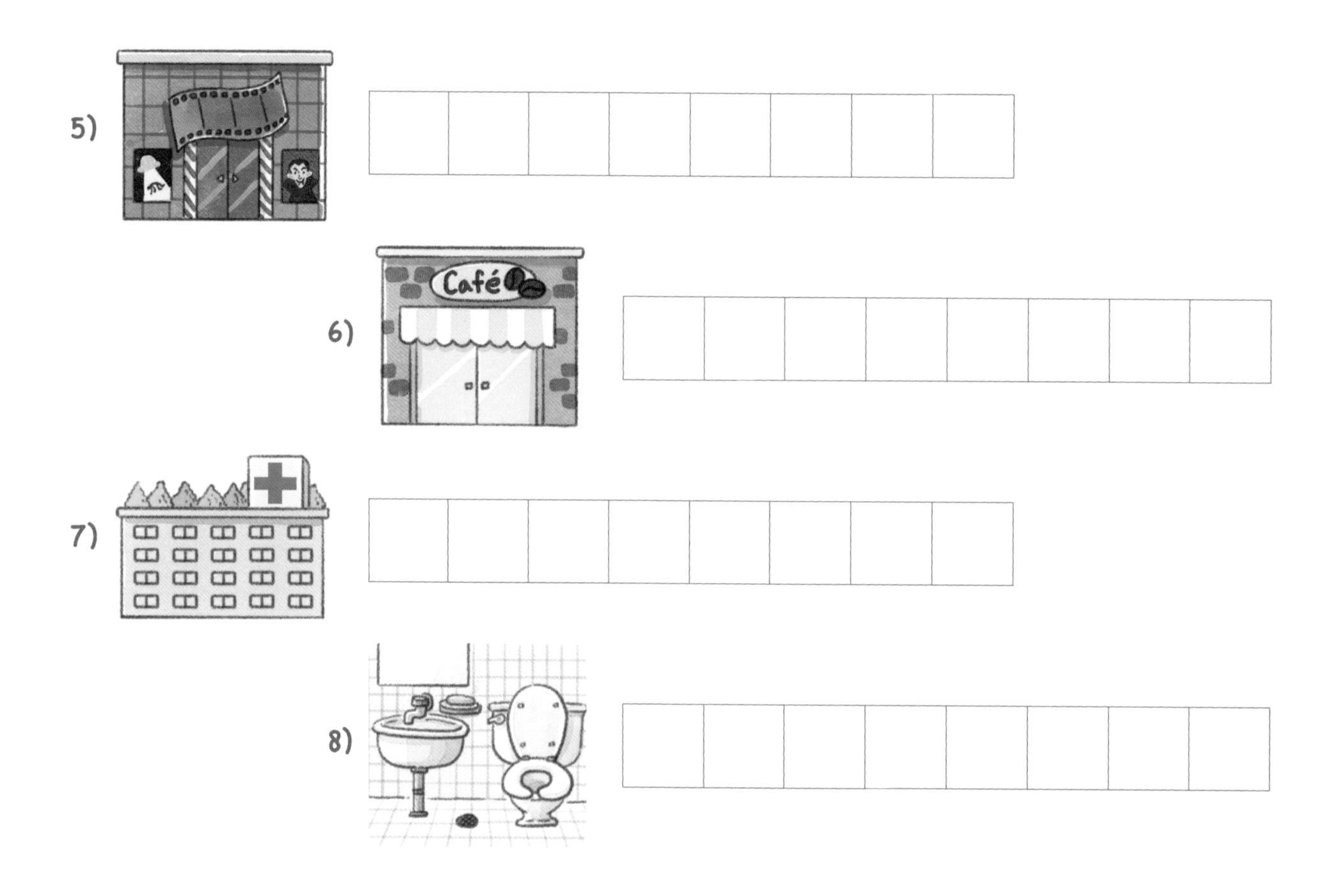

2 관계있는 것을 연결하고 다음과 같이 문장을 쓰세요.
請將相關的選項連接起來後，照著以下範例造句。

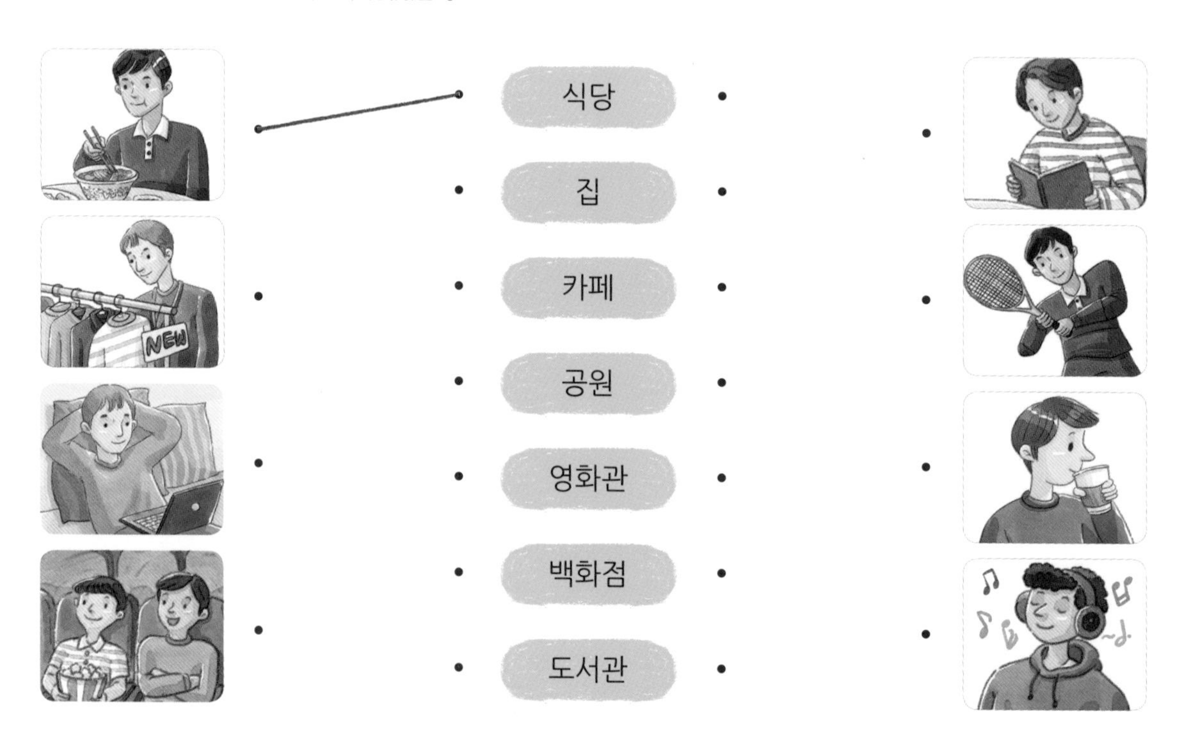

식당 | 식당에서 밥을 먹어요.

1) 집

2) 카페

3) 공원

4) 영화관

5) 백화점

6) 도서관

써요 2

● **다음 그림을 보고 장소에 대한 글을 쓰세요.**

請看完以下的圖片後，寫一篇關於場所的文章。

1 그림을 보고 다음에 대해 생각해 보세요.

請看完圖片後，思考看看以下的提問。

1) 지아 씨는 오늘 어디에 가요?

2) 그곳에서 무엇을 해요? 어때요?

2 생각한 것을 글로 쓰세요.

請將思考的內容寫成一篇文章。

장소에서 하는 일에 대한 글을 쓸 수 있어요?	☆☆☆☆☆

쓰기 5

물건 사기 買東西

물건 사기에 대한 글을 쓸 수 있다.

써요 1

1 무엇을 사요? 다음과 같이 쓰세요.
買什麼？請照著以下的範例寫一寫。

라	면	을		사	요	.			

1) 

2) 

3) 

4) 

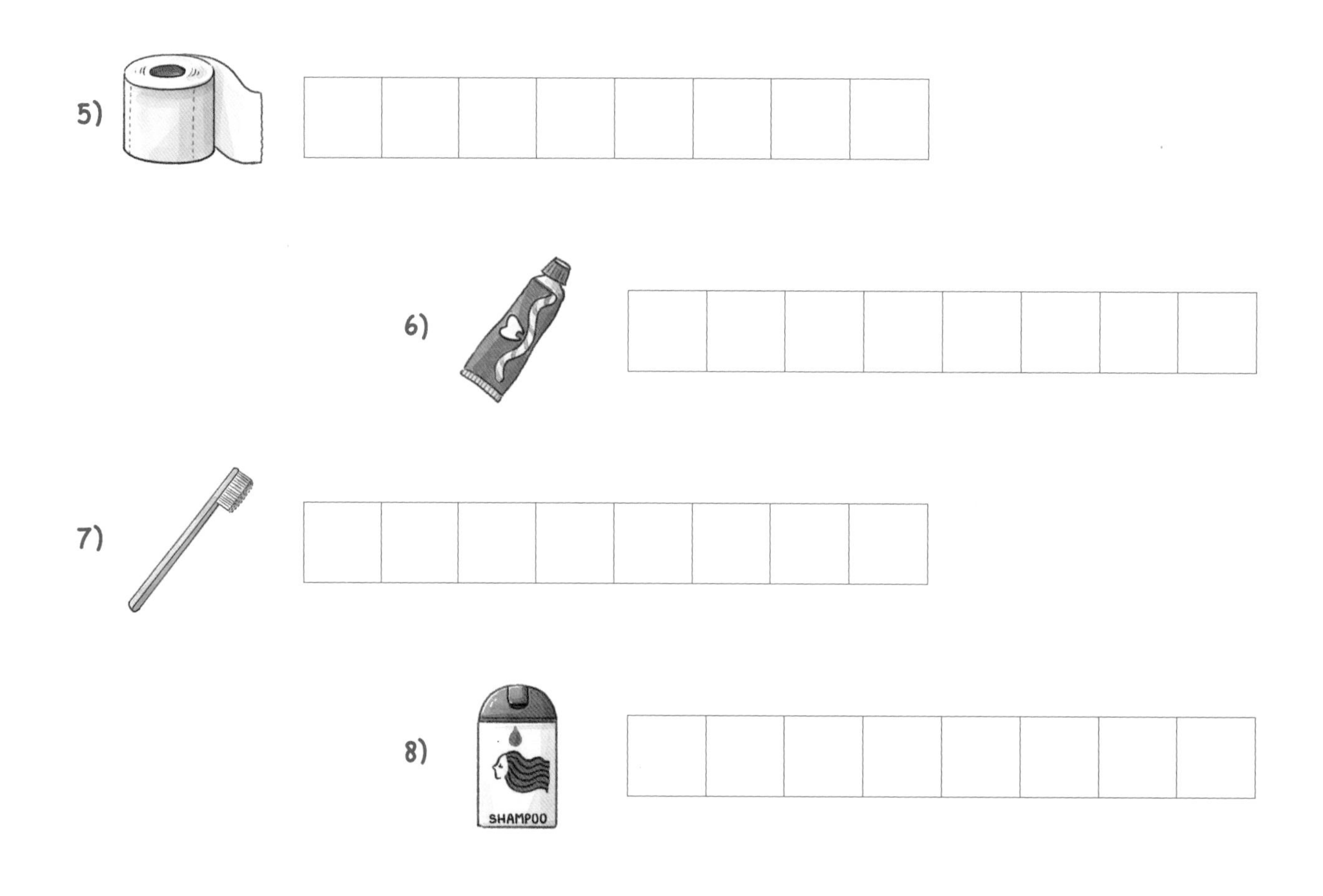

2 무엇이 몇 개 있어요? 다음과 같이 쓰세요.

有幾個什麼東西？請照著以下的範例寫一寫。

우유가 한 개 있어요.

1)

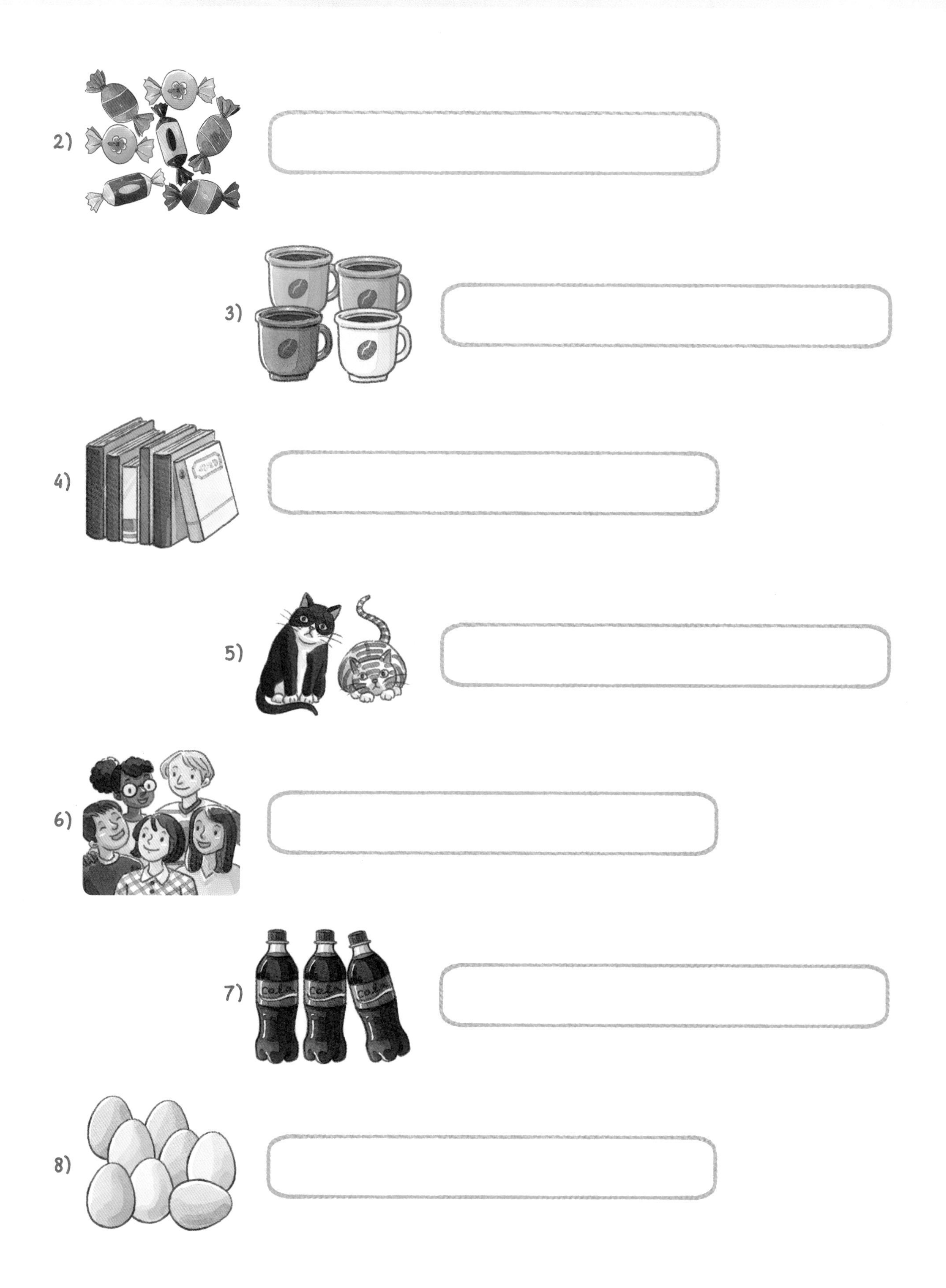
2)
3)
4)
5)
6)
7)
Cola
Cola
Cola
8)

써요 2

● **다음 그림을 보고 물건 사기에 대한 글을 쓰세요.**

請看完以下的圖片後，寫一篇關於買東西的文章。

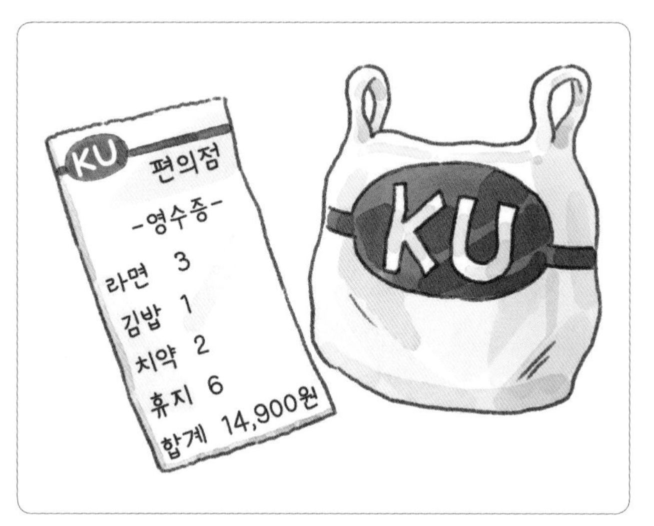

1 그림을 보고 다음에 대해 생각해 보세요.

請看完圖片後，思考看看以下的提問。

1) 웨이 씨는 오늘 어디에 가요?

2) 웨이 씨는 그곳에서 무엇을 사요? 몇 개 사요? 얼마예요?

2 생각한 것을 글로 쓰세요.
請將思考的內容寫成一篇文章。

물건 사기에 대한 글을 쓸 수 있어요?	☆ ☆ ☆ ☆ ☆

쓰기 6

하루 일과 一天的作息

하루 일과에 대한 글을 쓸 수 있다.

써요 1

1 언제 무엇을 해요? 다음과 같이 쓰세요.
什麼時候做什麼？請照以下的範例寫一寫。

밤 12시

밤 열두 시에 자요.

1) 아침 7시

2) 오전 8:30

3) 낮 1시

4) 오후 5시

5) 저녁

6) 아침, 공원

2 다음과 같이 쓰세요.

請照著以下的範例寫一寫。

오전, 학교, 가다 → 오전에 학교에 안 가요.

1) 지금, 커피, 마시다

2) 도서관, 책, 읽다

3) 5시, 수업, 끝나다

4) 6시, 퇴근하다

5) 저 사람, 직업, 알다

6) 초콜릿, 좋아하다

써요 2

● **다음 그림을 보고 빌궁 씨의 하루 일과를 쓰세요.**
請看完以下的圖片後，寫一篇關於必勒格一天作息的文章。

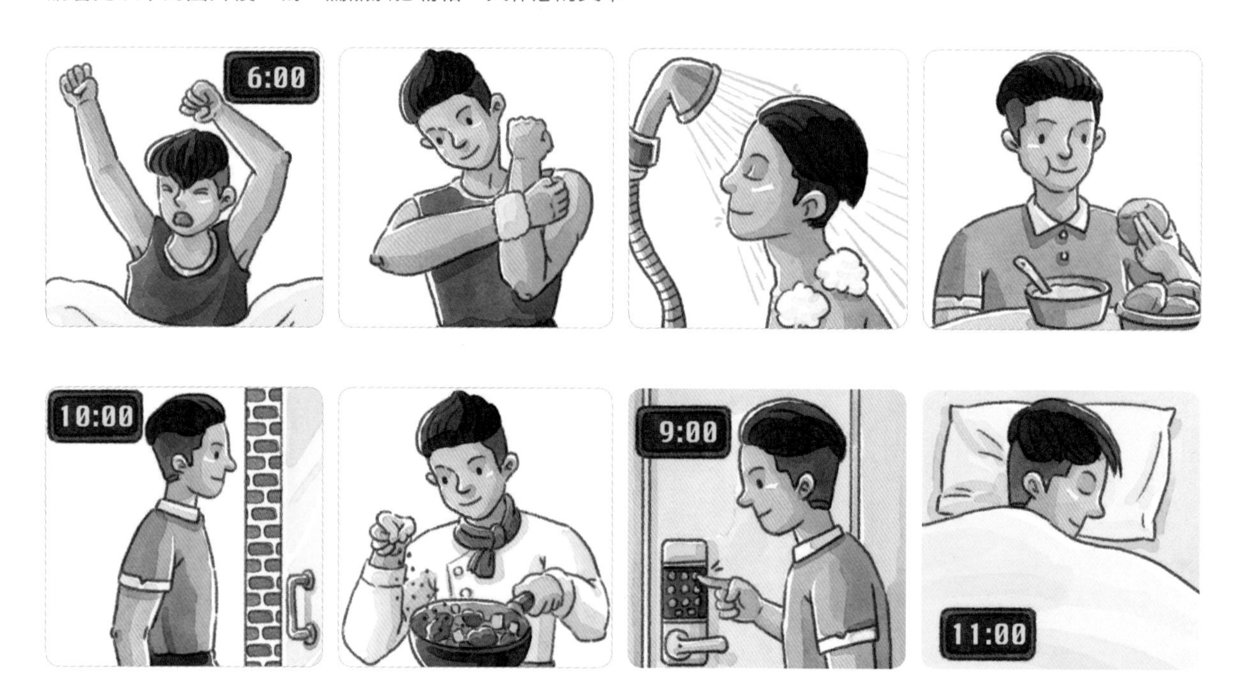

1 **다음에 대해 생각해 보세요.**
請思考看看以下的提問。

1) 빌궁 씨는 직업이 무엇이에요?

2) 빌궁 씨의 하루 일과는 어때요?

2 **생각한 것을 글로 쓰세요.**
請將思考的內容寫成一篇文章。

하루 일과에 대한 글을 쓸 수 있어요?	☆☆☆☆☆

쓰기 7

한국 생활 韓國生活

한국 생활에 대한 글을 쓸 수 있다.

써요 1

1 다음과 같이 쓰세요.
請照著以下的範例寫一寫。

지난주, 친구 집, 놀다 → 지난주에 친구 집에서 놀았어요.

1) 지난달, 한국, 오다

2) 내일, 친구, 백화점, 가다

3) 지난주, 많이, 바쁘다

4) 그저께, 도서관, 책, 읽다

5) 어제, 집, 음악, 듣다

6) 이틀 후, 부모님, 만나다

7) 지난달, 일, 많다

8) 모레, 영화관, 영화, 보다

9) 어제, 수업, 너무, 어렵다

10) 작년, 한국 생활, 조금, 힘들다

2 **다음과 같이 쓰세요.**

請照著以下的範例寫一寫。

그저께, 친구, 영화, 보다 + 쇼핑하다

그저께 친구하고 영화를 보고 쇼핑했어요.

1) 토요일, 친구, 만나다 + 일요일, 집, 쉬다

2) 보통, 오전, 학교, 한국어, 공부하다 + 오후, 회사, 일하다

3) 어제, 공원, 운동하다 + 친구, 밥, 먹다

4) 그저께, 카페, 커피, 마시다 + 도서관, 책, 읽다

5) 한국 생활, 재미있다 + 좋다

6) 한국어 공부, 너무, 어렵다 + 한국 생활, 조금, 힘들다

7) 학교, 크다 + 예쁘다

8) 그 식당, 비싸다 + 맛없다

써요 2

● **다음 그림을 보고 카밀라 씨의 한국 생활을 글로 쓰세요.**
請看完以下的圖片後，寫一篇關於卡米拉韓國生活的文章。

1 **다음에 대해 생각해 보세요.**
請思考看看以下的提問。

1) 카밀라 씨는 언제 한국에 왔어요?

2) 카밀라 씨는 한국에서 무엇을 했어요?

3) 카밀라 씨는 한국 생활이 어때요?

2 **생각한 것을 글로 쓰세요.**
請將思考的內容寫成一篇文章。

한국 생활에 대한 글을 쓸 수 있어요?	☆ ☆ ☆ ☆ ☆

쓰기 8
음식 食物

음식에 대한 글을 쓸 수 있다.

써요 1

1 무엇을 먹을래요? 다음과 같이 쓰세요.
想吃什麼？請照著以下的範例寫一寫。

치킨을 먹을래요.

1)  

2) 

3) 

4) 

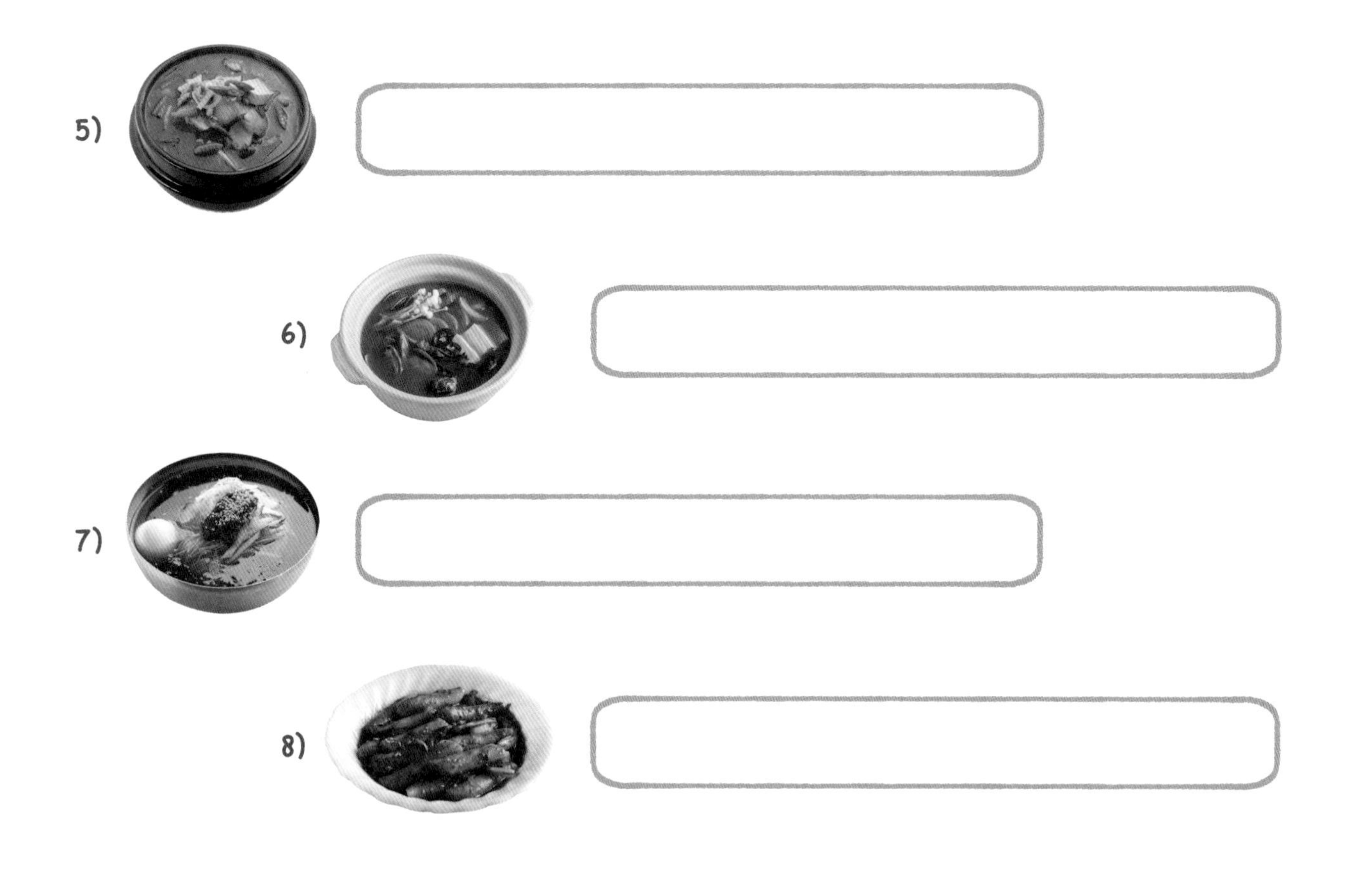

2 맛이 어때요? 다음과 같이 쓰세요.
味道如何？請照著以下的範例寫一寫。

짜요.

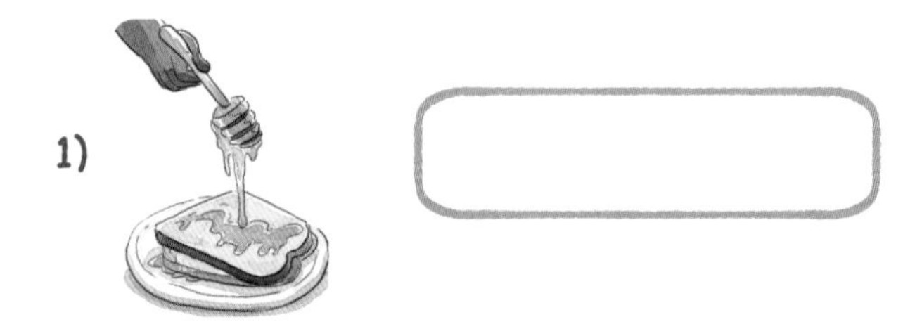

3 관계있는 것을 연결하고 다음과 같이 문장을 쓰세요.

請將相關的選項連接起來後，照著以下的範例造句。

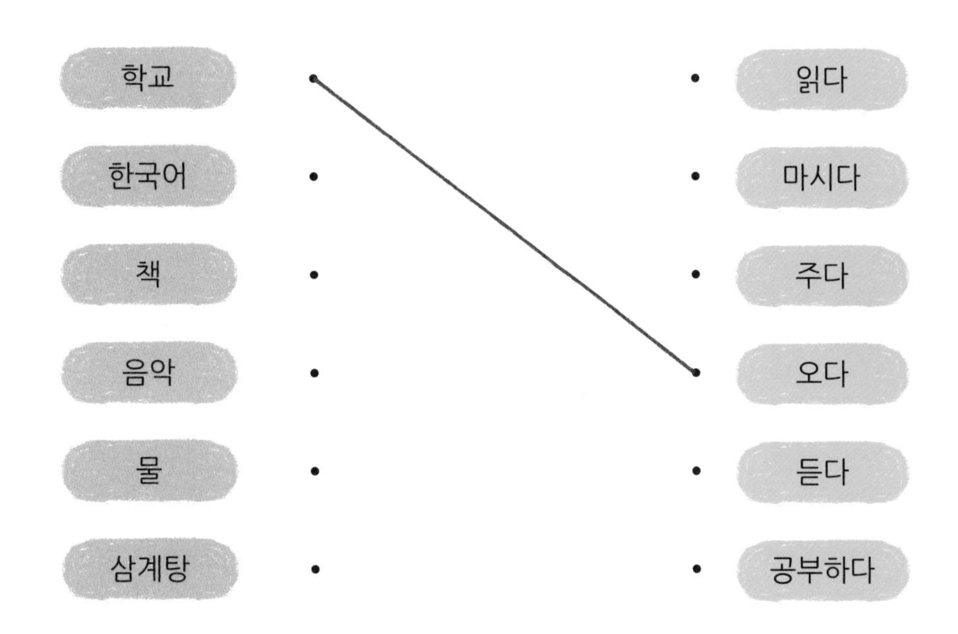

학교에 오세요.

1)

2)

3)

4)

5)

써요 2

● **여러분이 먹는 음식에 대한 글을 쓰세요.**
請寫一篇文章來敘述各位吃的食物。

1 다음 질문을 읽고 대답을 메모하세요.
請讀完以下的提問後，簡單記下回答的內容。

1) 보통 아침에 무엇을 먹어요? 어디에서 먹어요?

2) 점심은 보통 어디에서 무슨 음식을 먹어요? 어때요?

3) 저녁에는 누구하고 어디에서 밥을 먹어요? 어때요?

4) 여러분은 한국 음식을 잘 먹어요? 안 먹어요? 왜요?

5) 어제는 무엇을 먹었어요? 어땠어요?

2 위의 대답에서 무엇을 쓰고 싶어요? 그리고 어떤 순서로 쓰고 싶어요? 생각해 보세요.

想在以上的回答中寫些什麼內容？還有想按照什麼順序寫？請想一想。

3 생각한 것을 글로 쓰세요.

請將思考的內容寫成一篇文章。

음식에 대한 글을 쓸 수 있어요?	☆☆☆☆☆

쓰기 9

휴일 假日

휴일에 대한 글을 쓸 수 있다.

써요 1

1 휴일이 언제예요? 달력을 보고 다음과 같이 쓰세요.

假日是什麼時候？請看完月曆後，照著以下範例寫一寫。

휴일 | 휴일이 17일이에요.

1) 연휴

2) 휴가

3) 방학

2 **주말에 무엇을 할 거예요? 다음과 같이 쓰세요.**
週末要做什麼？請照著以下範例寫一寫。

주말에 청소할 거예요.

1) 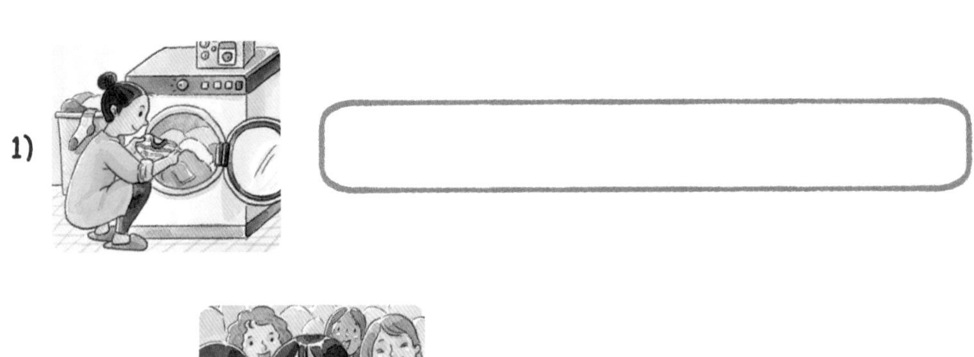

2) 

3) 

4) 

5) 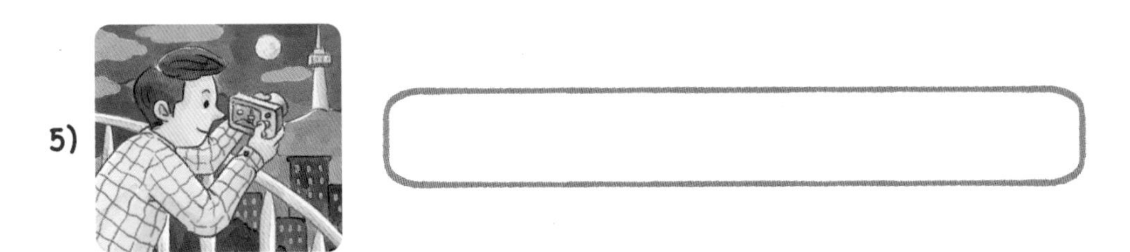

3 무엇을 하고 싶어요? 하고 싶은 것을 연결하고 다음과 같이 문장을 쓰세요.

想做什麼？請將想做的事情連接起來後，照著以下範例造句。

오늘 •	• 집, 쉬다
이번 주말 •———•	서울, 구경하다
다음 주말 •	• 여행, 가다
휴일 •	• 고향, 가다
연휴 •	• 고향 음식, 먹다
방학 •	• 친구, 만나다

이번 주말 | 이번 주말에 서울을 구경하고 싶어요.

1) 오늘

2) 다음 주말

3) 휴일

4) 연휴

5) 방학

써요 2

● 여러분의 휴일 계획을 글로 쓰세요.
請將各位假日的計劃寫成一篇文章。

1 다음 질문을 읽고 대답을 메모하세요.
請讀完以下的提問後，簡單記下回答的內容。

1) 여러분은 월요일부터 금요일까지 보통 무엇을 해요? 어때요?

2) 다음 휴일은 언제예요?

3) 휴일에 무엇을 하고 싶어요?

2 다음 표에 여러분의 휴일 계획을 메모하세요.

請在以下表格中簡單記下各位的假日計劃。

언제	
오전	
오후	

3 계획표를 보고 여러분의 휴일 계획을 쓰세요.

請看完計劃表後，寫下各位的假日計劃。

휴일에 대한 글을 쓸 수 있어요?	☆☆☆☆☆

쓰기 10

날씨와 계절 天氣與季節

날씨와 계절에 대한 글을 쓸 수 있다.

써요 1

1 **날씨가 어때요? 다음과 같이 쓰세요.**
天氣如何？請照著以下範例寫一寫。

지금 비가 오고 더워요.

1)  

오늘

2)   

어제

3)   

작년 겨울에

2 무엇을 못 했어요? 다음과 같이 쓰세요.

沒做成什麼事？請照著以下範例寫一寫。

학교에 못 갔어요.

7)

8)

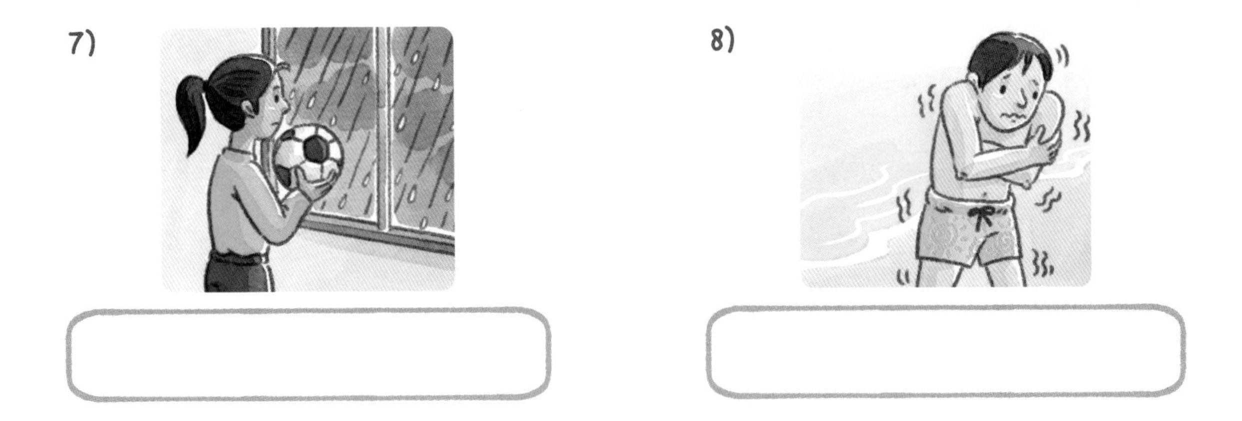

3 어느 계절을 좋아해요? 연결하고 다음과 같이 문장을 쓰세요.

喜歡哪個季節？請連線後，照著以下範例造句。

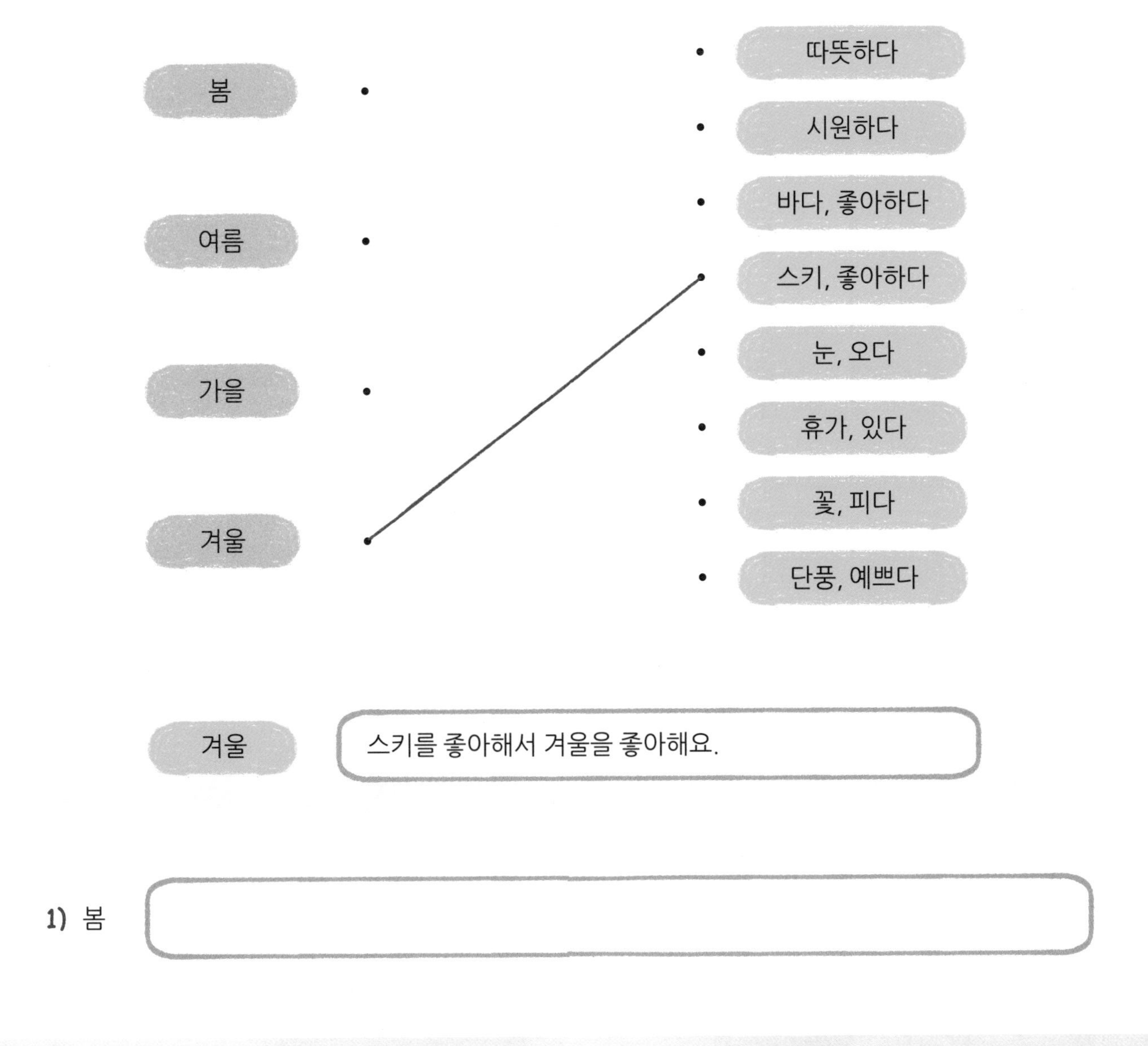

2) 봄

3) 여름

4) 여름

5) 가을

6) 가을

7) 겨울

써요 2

● **다음을 보고 이 사람의 고향 날씨를 글로 쓰세요.**
請看完以下的內容後，將這個人家鄉的天氣寫成一篇文章。

어느 계절이에요?	언제예요?	어때요?
봄	3월~4월	• 따뜻하다 • 꽃이 피다 • 바람이 아주 많이 불다
여름	5월~9월	• 맑고 아주 덥다 → 사람들이 집에 있다 • 비가 안 오다
가을	10월~11월	• 낮: 따뜻하다, 아침과 저녁: 시원하다 • 사람들이 밖에서 놀다
겨울	12월~2월	• 조금 춥다 • 비가 조금 오다

1 위의 메모를 보고 생각해 보세요.
請看以上簡單記下的內容進行思考。

1) 이곳의 날씨는 어때요?
這個地方的天氣如何？

2) 이 메모 중에서 어느 계절을 쓰고 싶어요?
在這紀錄當中想寫哪個季節？

2 생각한 것을 글로 쓰세요.
請將思考的內容寫成一篇文章。

날씨와 계절에 대한 글을 쓸 수 있어요?	☆☆☆☆☆

쓰기 11

담화 완성하기 ① 完成句組 ①

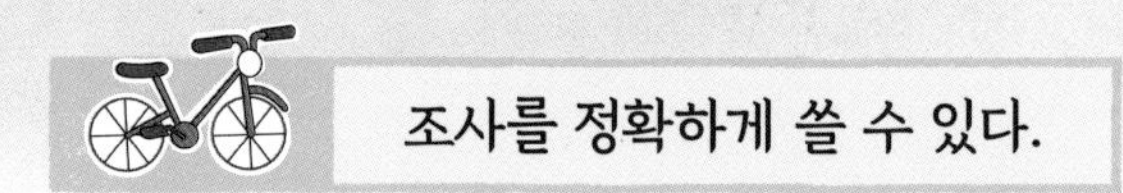

써요 1

1 다음과 같이 쓰세요.
請照著以下範例寫一寫。

이/가 을/를 에 에서

웨이 씨가 카페에서 빵을 먹어요. 빵이 맛있어요.

1) 다니엘 씨 ______ 회사 ______ 가요. 일 ______ 많아요.

2) 두엔 씨 ______ 도서관 ______ 지아 씨 ______ 만나요.

3) 치약 ______ 없어요. 편의점 ______ 치약 ______ 사요.

4) 백화점 ______ 가요. 거기 ______ 가방 ______ 사요. 가방 ______ 예뻐요.

5) 무함마드 씨 ______ 아파요. 학교 ______ 안 가요. 병원 ______ 가요.

6) 오늘 친구 ______ 우리 집 ______ 와요. 친구하고 영화 ______ 봐요.

2 다음과 같이 쓰세요.

請照著以下範例寫一寫。

카페 커피 가다 마시다 맛있다 크다	카페가 커요.
	카페에서 커피를 마셔요.
	커피가 맛있어요.

1) 집 병원 가다 쉬다 아프다 좋다

2) 게임 친구 집 이야기하다 가다 쉽다 재미없다

3) 휴대폰 백화점 일하다 사다 있다 예쁘다

3 **다음 빈칸에 알맞은 표현을 쓰세요.**
請在以下的空格中填上合適的表現。

웨이 씨____ 공항____ 가요. 친구____ 오늘 한국____ 와요.

공항____ 커요. 사람____ 아주 많아요.

웨이 씨는 공항____ 친구____ 만나요.

친구하고 식당____ 가요. 거기____ 한국 음식____ 먹어요.

써요 2

● **다음 그림을 보고 다니엘 씨의 하루를 소개하는 글을 쓰세요.**
請看完以下圖示後，寫一篇介紹丹尼爾一天作息的短文。

1 **그림을 보고 다음에 대해 생각해 보세요.**
請看完圖示後，思考看看以下的提問。

1) 다니엘 씨는 오늘 어디에 갔어요?

2) 거기에서 무엇을 했어요?

3) 다니엘 씨의 오늘 하루는 어땠어요?

2 생각한 것을 글로 쓰세요. 조사에 유의하며 쓰세요.

請將思考的內容寫成一篇文章，並留意助詞的使用。

조사를 정확하게 쓸 수 있어요?	☆☆☆☆☆

쓰기 12

담화 완성하기 ② 完成句組 ②

부사를 정확하게 쓸 수 있다.

써요 1

1 다음 표현의 의미를 생각해 보세요.
請想一想以下表現的含義。

한국어를 잘하고 싶어요? 그러면 선생님한테 질문하세요.

영화가 정말 재미있어요. 그런데 오늘 점심 뭐 먹었어요?

2 빈칸에 알맞은 표현을 쓰세요.
請在以下的空格中填上合適的表現。

그리고 그렇지만 그래서 그러면 그런데

1) 어제 집을 청소했어요. ________ 음식을 만들었어요.

2) 부모님이 보고 싶었어요. ________ 부모님한테 전화했어요.

3) 아파요? ________ 오늘은 집에서 쉬세요.

4) 내일은 수업이 없어요. ______ 친구하고 서울을 구경할 거예요.

5) 서울은 날씨가 좋아요. ______ 부산은 날씨가 안 좋아요.

6) 이거 매워요? ______ 저는 안 먹을래요.

7) 가방이 안 예뻐요. ______ 너무 작아요.

8) 웨이 씨, 컴퓨터가 정말 좋아요. ______ 이 컴퓨터 비싸요?

9) 오늘은 밤까지 일을 했어요. ______ 피곤해요.

10) 커피가 정말 맛있어요. ______ 지아 씨는 오늘 안 와요?

3 빈칸에 알맞은 문장을 쓰세요.

請在以下的空格中填上合適的句子。

1) 힘들어요? 그러면 ______.

2) 콘서트에 가고 싶어요. 그래서 ______.

3) 시장은 싸요. 그렇지만 ______.

4) 교실에 시계가 없어요. 그리고 ________________.

5) 어제 꽃구경을 갔어요. 그런데 거기에서 ________________.

써요 2

1 다음 표현의 의미를 생각해 보세요.
請想一想以下表現的含義。

오늘 10시에 일어났어요. 그래서 학교에 늦게 갔어요. 내일은 일찍 일어날 거예요.

저는 중국어를 빨리 말해요. 그렇지만 한국어는 천천히 말해요. 열심히 공부해서 한국어도 빨리 말하고 싶어요.

2 빈칸에 알맞은 표현을 쓰세요.
請在以下的空格中填上合適的表現。

조금 / 많이 / 일찍 / 늦게 / 빨리 / 천천히

1) 어제 친구하고 게임을 했어요. 그래서 ____________ 잤어요.

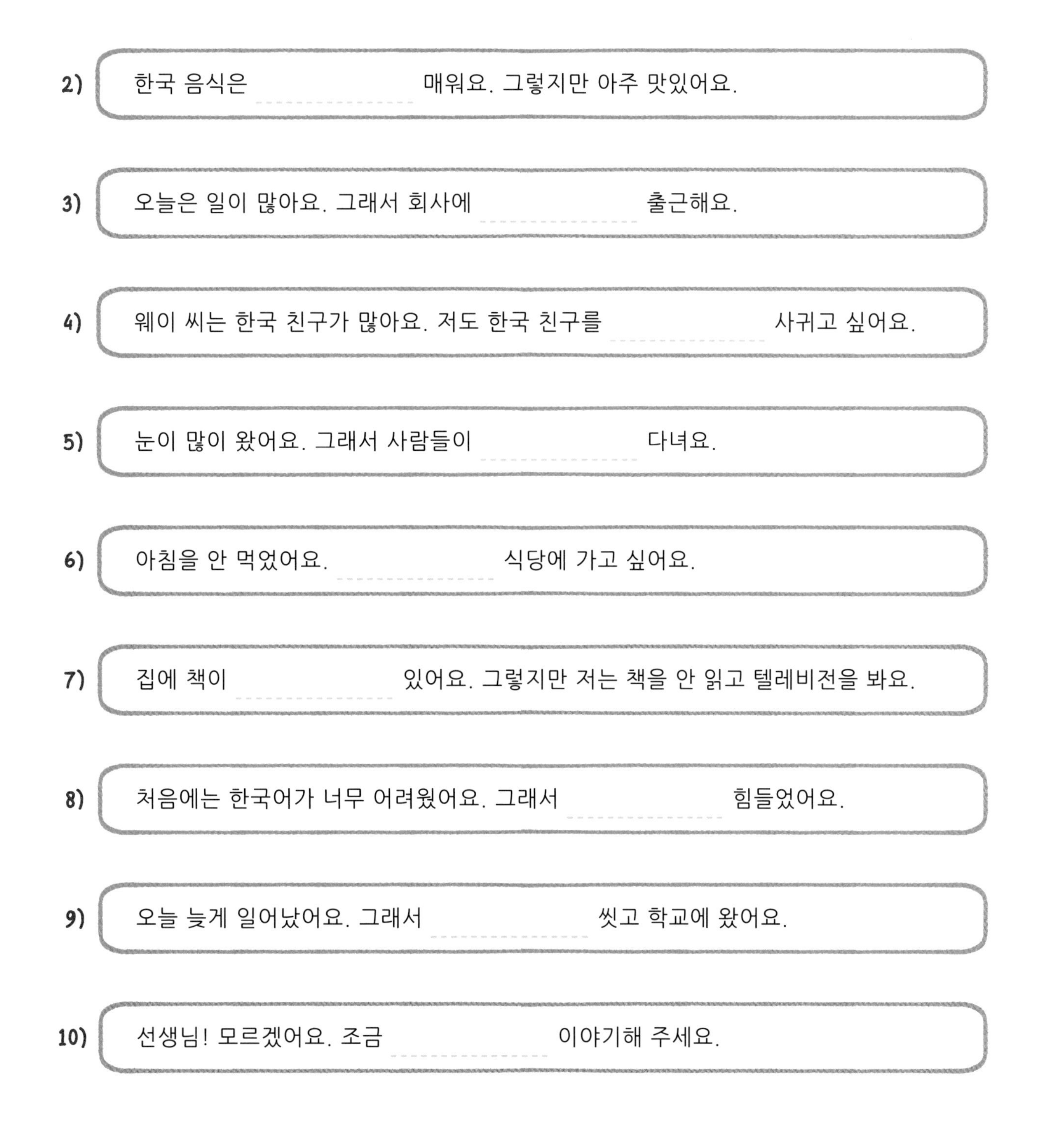

2) 한국 음식은 ______________ 매워요. 그렇지만 아주 맛있어요.

3) 오늘은 일이 많아요. 그래서 회사에 ______________ 출근해요.

4) 웨이 씨는 한국 친구가 많아요. 저도 한국 친구를 ______________ 사귀고 싶어요.

5) 눈이 많이 왔어요. 그래서 사람들이 ______________ 다녀요.

6) 아침을 안 먹었어요. ______________ 식당에 가고 싶어요.

7) 집에 책이 ______________ 있어요. 그렇지만 저는 책을 안 읽고 텔레비전을 봐요.

8) 처음에는 한국어가 너무 어려웠어요. 그래서 ______________ 힘들었어요.

9) 오늘 늦게 일어났어요. 그래서 ______________ 씻고 학교에 왔어요.

10) 선생님! 모르겠어요. 조금 ______________ 이야기해 주세요.

3 **다음 빈칸에 알맞은 표현을 쓰세요.**
請在以下的空格中填上合適的表現。

어제는 정말 바쁘고 힘들었어요. 새벽 두 시에 잤어요.

그래서 오늘 아침에 ________ 일어났어요.

저는 아침도 안 먹고 ________ 학교에 갔어요.

그런데 학교에 사람들이 ________ 없었어요.

아, 오늘은 휴일이었어요.

써요 3

● **다음 그림을 보고 빌궁 씨의 하루를 소개하는 글을 쓰세요.**
請看完以下的圖片後，寫一篇介紹必勒格一天作息的文章。

1 **다음에 대해 생각해 보세요.**
請想看看以下的提問。

1) 빌궁 씨는 오늘 무엇을 했어요?
必勒格今天做了什麼？

2) 빌궁 씨의 하루는 어땠어요?
必勒格的一天過得如何？

3) 문장을 어떻게 쓰고 연결할 거예요?
要怎樣寫句子，然後連接起來？

2 **생각한 것을 글로 쓰세요. 부사를 반드시 넣어서 쓰세요.**
請將思考的內容寫成一篇文章，並務必使用適當的副詞。

부사를 정확하게 쓸 수 있어요?	☆ ☆ ☆ ☆ ☆

정답

1과 인사

● **들어 봐요**

1) ② 2) ① 3) ②
4) ① 5) ①

● **들어요 1**

1
1) ① 2) ② 3) ②

2
1) ④ 2) ① 3) ⑧

3
1) ② 2) ③ 3) ⑥

● **들어요 2**

1 ②
2 베트남 사람이에요.

● **들어요 3**

1 ③
2 회사원이에요.

● **더 들어요**

인도, 마리안

2과 일상생활 I

● **들어 봐요**

1) ② 2) ② 3) ①
4) ① 5) ②

● **들어요 1**

1
1) ③ 2) ② 3) ①

2
1) ② 2) ③ 3) ③
4) ①

● **들어요 2**

1 ②
2 옷을 사요.

● **들어요 3**

1 무함마드: 쉬어요. 두엔: 한국어를 공부해요.

2
1) X 2) ○

● **더 들어요**

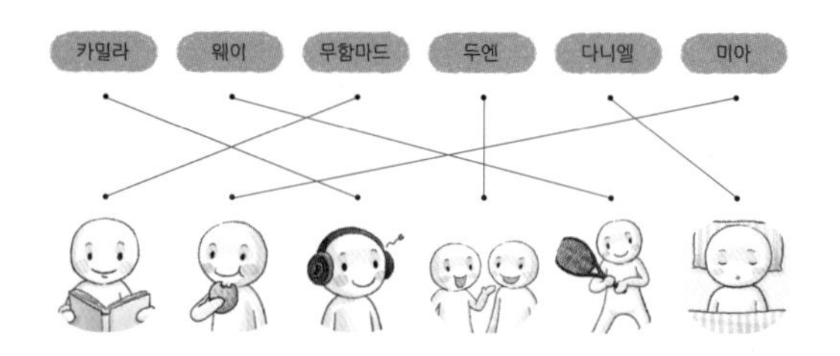

3과 일상생활 II

● **들어 봐요**

1) ① 2) ② 3) ①
4) ② 5) ①

- **들어요 1**

1

1) ① 2) ② 3) ①

2

1) ② 2) ① 3) ③

- **들어요 2**

1 ④

2 어려워요. (그렇지만 재미있어요.)

- **들어요 3**

1 ②

2 지갑이 예뻐요. (그리고 조금 비싸요.)

- **더 들어요**

③

4과 장소

- **들어 봐요**

1) ② 2) ① 3) ②
4) ② 5) ①

- **들어요 1**

1

1) ① 2) ⑥ 3) ④
4) ②

2

1) ② 2) ② 3) ①
4) ①

- **들어요 2**

1 ①

2 편의점에 가요. 커피하고 과자를 사요.

- **들어요 3**

1 공항에 가요.

2

1) ○ 2) X

- **더 들어요**

③

5과 물건 사기

- **들어 봐요**

1) ② 2) ① 3) ②
4) ② 5) ①

- **들어요 1**

1

1) ⑤ 2) ③ 3) ①
4) ④

2

1) ② 2) ② 3) ①
4) ②

3

1) ① 2) ② 3) ①
4) ①

- **들어요 2**

1 ④

2 ②

- **들어요 3**

1 샴푸 한 개, 휴지 세 개, 아이스크림, 초콜릿

2 ①

- **더 들어요**

두 병, 콜라: 한 병, 과자: 세 개, 커피: 다섯 잔

6과 하루 일과

- **들어 봐요**

1) ① 2) ① 3) ②
4) ① 5) ②

- **들어요 1**

1
1) ① 2) ② 3) ②
2
1) ② 2) ② 3) ①
3
1) 수요일 2) 월요일 3) 일요일

- **들어요 2**

1 ①, ②
2
1) 학교에 가요. 2) 다섯 시쯤 집에 와요.

- **들어요 3**

1 회사원
2
1) ○ 2) X

- **더 들어요**

1) X 2) ○

7과 한국 생활

- **들어 봐요**

1) ② 2) ① 3) ②
4) ① 5) ②

- **들어요 1**

1
1) ① 2) ② 3) ②
4) ②
2
1) ⑤ → ① 2) ③ → ④ 3) ⑦ → ②
4) ⑥ → ⑧

- **들어요 2**

1 올해 이월
2 ②

- **들어요 3**

1 삼 일 전
2
1) ○ 2) ○ 3) X

- **더 들어요**

1) X 2) ○ 3) ○

8과 음식

- **들어 봐요**

1) ② 2) ① 3) ①
4) ① 5) ②

- **들어요 1**

1
1) 써요. 2) 달고 맛있어요.
3) 조금 싱거워요. 4) 너무 매워요/매웠어요.
2
1) ① 2) ③ 3) ③
4) ①

- **들어요 2**

1 남자: 비빔밥, 여자: 된장찌개
2
1) X 2) ○

- **들어요 3**

1 치킨, 피자, 한국 음식
2 ②

• 더 들어요

1) ◯ 2) ◯

9과 휴일

• 들어 봐요

1) ① 2) ② 3) ②
4) ① 5) ②

• 들어요 1

1

1) ◯ 2) X 3) ◯

2

1) ⑦ 2) ⑤ 3) ②
4) ③

• 들어요 2

1 ①, ④

2

1) X 2) ◯

• 들어요 3

1 다음 주 화요일부터예요.

2

1) ◯ 2) X

• 더 들어요

1) 한국 가수를 좋아해서 시작했어요.
2) 콘서트에 갈 거예요.

10과 날씨와 계절

• 들어 봐요

1) ② 2) ① 3) ②
4) ① 5) ②

• 들어요 1

1

1) ② 2) ③ 3) ①
4) ④

2

1) ② 2) ⑦ 3) ⑥
4) ⑨

• 들어요 2

1 ③

2

1) ◯ 2) X

• 들어요 3

1 겨울

2

1) ◯ 2) X

• 더 들어요

여름, 겨울

읽기

1과 인사

• 읽어요 1

1

1) ⑤ 2) ⑥ 3) ①
4) ② 5) ④ 6) ③

2

1) X 2) ◯ 3) ◯

• 읽어요 2

1

1) 조민수, 하리마, 토머스 링컨
2) 한국, 이집트, 영국
3) 선생님, 회사원, 학생

- **더 읽어요**

제이미 리, 중국, 요리사

2과 일상생활 I

- **읽어요 1**

1

1) ③ 2) ⑤ 3) ①
4) ④ 5) ⑦ 6) ②
7) ⑥

2

1) 우유를/물을 마셔요.
2) 볼펜을/휴대폰을/빵을/옷을/책을/과자를/우산을/공책을/가방을 사요.
3) 텔레비전을/영화를/휴대폰을 봐요.
4) 친구를 만나요.
5) 음악을 들어요.

- **읽어요 2**

2

2) 웨이 씨는 음악을 들어요.
3) 무함마드 씨는 쉬어요.

- **읽어요 3**

1 이름: 에밀리아 클라크, 나라: 호주, 직업: 배우

2 ②, ⑤, ⑦

- **더 읽어요**

1) 오빠 2) 아버지 3) 어머니
4) 언니 5) 나

3과 일상생활 II

- **읽어요 1**

1

1) 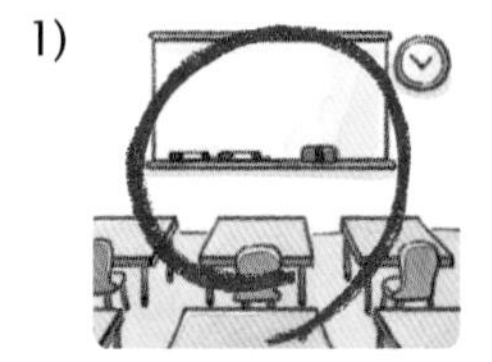 

2)  

3)  

4)  

5)  

2

1) 재미있어요/어려워요/쉬워요
2) 커요/있어요/좋아요
3) 멋있어요/많아요/있어요/좋아요/재미있어요/아파요
4) 있어요/많아요/비싸요/멋있어요/커요/좋아요
5) 커요/좋아요/나빠요/있어요/비싸요

- **읽어요 2**

2

1) 교실이 작아요.
3) 학생이 책을 읽어요.
4) 교실에 컴퓨터가 있어요.

- **읽어요 3**

1 ①

2

1) X 2) ○ 3) ○

- **더 읽어요**

1) 나무 2) 꽃
3) 한국 학생 4) 외국 학생
5) 고양이

4과 장소

● 읽어요 1

1

1) ③　　2) ⑦　　3) ①
4) ⑥　　5) ④　　6) ⑤

2

1) X　　2) ○　　3) X
4) X　　5) ○　　6) X

● 읽어요 2

1

1) X　　2) X　　3) X
4) ○

2

1) 다니엘 씨는 우체국에 가요.
2) 나쓰미 씨는 백화점에서 옷을 사요.
3) 무함마드 씨는 집에서 텔레비전을 봐요.

● 읽어요 3

1 하늘공원에 있어요.

2

1) X　　2) ○

● 더 읽어요

싸요. 한국 사람을 많이 봐요. (한국 사람하고 이야기를 해요.)

5과 물건 사기

● 읽어요 1

1

1) ④　　2) ③　　3) ⑤
4) ⑦　　5) ②, ⑧　　6) ①, ⑥

2

1) 

2) 

3)

4)

5) 

6) 

● 읽어요 2

1

1) X　　2) ○　　3) X
4) X

2

1) 두엔 씨는 볼펜 세 개하고 노트를 사요.
3) 무함마드 씨는 치약하고 칫솔하고 샴푸하고 비누를 사요.
4) 백이십팔만 원이에요.

● 읽어요 3

1 어디에서?: 편의점에서 점심을 먹어요.
왜?: 많이 싸요.

2 ①

● 더 읽어요

5,000

6과 하루 일과

● 읽어요 1

1

1) X　　2) X　　3) ○

2

1) 오전 9시에 시작해요.

2) 오후 1시에 끝나요.

- **읽어요 2**

1 ①, ④

2 ③

- **읽어요 3**

1 ④

2 ②

- **더 읽어요**

1) ○ 2) X

7과 한국 생활

- **읽어요 1**

1

1) 오늘 2) 지난달

3) 다음 주 4) 지난주

2

1) ① → ③ → ② 2) ① → ④ → ②

3) ③ → ④ → ⑤ 4) ⑤ → ③ → ⑥

- **읽어요 2**

1 ②

2

1) X 2) X

- **읽어요 3**

1 한국 영화를 좋아해요.

2 ③

- **더 읽어요**

1) X 2) ○

8과 음식

- **읽어요 1**

1

1) ② 2) ⑥ 3) ③

4) ④ 5) ⑦ 6) ⑤

2

1) X 2) X 3) ○

- **읽어요 2**

1 치킨을 먹었어요.

2 ①

- **읽어요 3**

1 누구: 두엔, 어디: 명동

2

1) ○ 2) X

9과 휴일

- **읽어요 1**

1

1) X 2) X 3) ○

4) X 5) ○

2

1) ④ 2) ② 3) ①

4) ③

- **읽어요 2**

1 ②

2

1) X 2) ○ 3) X

- **읽어요 3**

1

2

1) ○ 2) X

- **더 읽어요**

1) ○ 2) X

10과 날씨와 계절

- **읽어요 1**

1

1) ○ 2) ○ 3) X
4) X 5) X

2

1) ② 2) ⑤ 3) ④
4) ① 5) ③

- **읽어요 2**

1 봄이에요.

2 ②

- **읽어요 3**

1 ④

2 ②

- **더 읽어요**

도쿄와 베이징은 흐려요. 모스크바는 눈이 오고 추워요. 시드니는 오늘 비가 안 와요.

- **단어찾기**

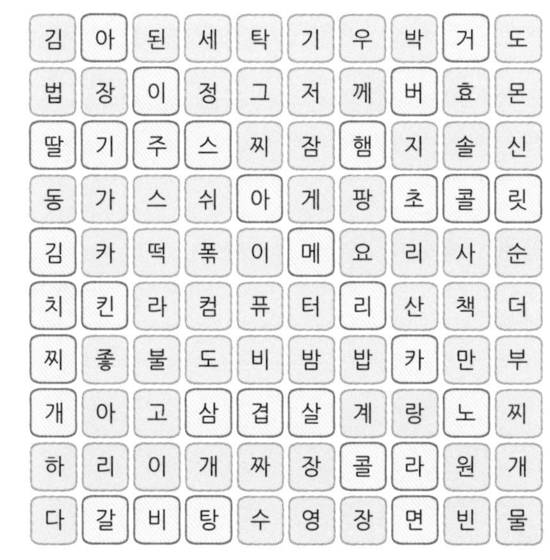

김	아	된	세	탁	기	우	박	거	도
법	장	이	정	그	저	께	버	효	몬
딸	기	주	스	찌	잠	햄	지	솔	신
동	가	스	쉬	아	게	팡	초	콜	릿
김	카	떡	퓩	이	메	요	리	사	순
치	킨	라	컴	퓨	터	리	산	책	더
찌	좋	불	도	비	밤	밥	카	만	부
개	아	고	삼	겹	살	계	랑	노	찌
하	리	이	개	짜	장	콜	라	원	개
다	갈	비	탕	수	영	장	면	빈	물

아이스아메리카노, 딸기주스, 김치찌개, 치킨, 삼겹살, 갈비탕, 햄버거, 초콜릿, 콜라, 라면

 쓰기

1과 자기소개

- **써요 1**

1

1) 저는 카밀라예요.
2) 저는 왕웨이예요.
3) 저는 다니엘이에요.

2

1) 몽골 사람이에요. 몽골에서 왔어요.
2) 이집트 사람이에요. 이집트에서 왔어요.
3) 태국 사람이에요. 태국에서 왔어요.
4) 칠레 사람이에요. 칠레에서 왔어요.
5) 프랑스 사람이에요. 프랑스에서 왔어요.
6) 인도 사람이에요. 인도에서 왔어요.

3

1) 저는 의사예요.
2) 저는 회사원이에요.
3) 저는 경찰이에요.
4) 저는 요리사예요.
5) 저는 운동선수예요.
6) 저는 가수예요.

2과 일상생활 I

● 써요 1

1

1) 빵이에요.
2) 우유예요.
3) 옷이에요.
4) 커피예요.
5) 가방이에요.
6) 휴대폰이에요./핸드폰이에요.

2

1) 자요.
2) 읽어요.
3) 봐요.
4) 마셔요.
5) 들어요.
6) 살아요.
7) 운동해요.
8) 전화해요.

3

1) 빵을 먹어요.
2) 친구를 만나요.
3) 커피를 마셔요.
4) 한국어를 공부해요.

3과 일상생활 II

● 써요 1

1

1) 작아요.
2) 좋아요.
3) 있어요.
4) 바빠요.
5) 쉬워요.
6) 예뻐요.
7) 재미없어요.
8) 맛있어요.

2

1) 학교가 좋아요? 네, 학교가 좋아요.
2) 교실이 커요? 아니요, 교실이 작아요.
3) 한국어가 어려워요? 아니요, 한국어가 쉬워요.
4) 한국 친구가 있어요? 네, 한국 친구가 있어요.

3

1) 친구가 놀아요.
2) 마이클 씨가 자요.
3) 친구가 과자를 먹어요.
4) 미아 씨가 노래해요.
5) 친구가 커피를 마셔요.
6) 선생님이 멋있어요.
7) 지수 씨가 아파요.
8) 가방이 비싸요.
9) 옷이 예뻐요.
10) 책상이 커요.

4과 장소

● 써요 1

1

1) 회사에 가요.
2) 백화점에 가요.
3) 은행에 가요.
4) 편의점에 가요.

5) 영화관에 가요.
6) 카페에 가요.
7) 병원에 가요.
8) 화장실에 가요.

2

1) 집에서 쉬어요.
2) 카페에서 커피를 마셔요.
3) 공원에서 운동해요.
4) 영화관에서 영화를 봐요.
5) 백화점에서 옷을 사요.
6) 도서관에서 책을 읽어요.

5과 물건 사기

● **써요 1**

1

1) 콜라를 사요.
2) 김밥을 사요.
3) 초콜릿을 사요.
4) 과자를 사요.
5) 휴지를 사요.
6) 치약을 사요.
7) 칫솔을 사요.
8) 샴푸를 사요.

2

1) 볼펜이 한 개 있어요.
2) 사탕이 일곱 개 있어요.
3) 커피가 네 잔 있어요.
4) 책이 여섯 권 있어요.
5) 고양이가 두 마리 있어요.
6) 친구가 다섯 명 있어요.
7) 콜라가 세 병 있어요.
8) 달걀이/계란이 여덟 개 있어요.

6과 하루 일과

● **써요 1**

1

1) 아침 일곱 시에 일어나요.
2) 오전 여덟 시 삼십 분에 출근해요.
3) 낮 한 시에 점심을 먹어요.
4) 오후 다섯 시에 수업이 끝나요.
5) 저녁에 요리해요.
6) 아침에 공원에서 운동해요.

2

1) 지금 커피를 안 마셔요.
2) 도서관에서 책을 안 읽어요.
3) 다섯 시에 수업이 안 끝나요.
4) 여섯 시에 퇴근 안 해요.
5) 저 사람의 직업을 몰라요.
6) 초콜릿을 안 좋아해요.

7과 한국 생활

● **써요 1**

1

1) 지난달에 한국에 왔어요.
2) 내일 친구하고 백화점에 가요.
3) 지난주에 많이 바빴어요.
4) 그저께 도서관에서 책을 읽었어요.
5) 어제 집에서 음악을 들었어요.
6) 이틀 후에 부모님을 만나요.
7) 지난달에 일이 많았어요.
8) 모레 영화관에서 영화를 봐요.
9) 어제 수업이 너무 어려웠어요.
10) 작년에 한국 생활이 조금 힘들었어요.

2

1) 토요일에 친구를 만나고 일요일에 집에서 쉬어요.
2) 보통 오전에 학교에서 한국어를 공부하고 오후에 회사에서 일해요.

3) 어제 공원에서 운동하고 친구하고 밥을 먹었어요.
4) 그저께 카페에서 커피를 마시고 도서관에서 책을 읽었어요.
5) 한국 생활이 재미있고 좋아요.
6) 한국어 공부가 너무 어렵고 한국 생활이 조금 힘들어요.
7) 학교가 크고 예뻐요.
8) 그 식당이 비싸고 맛없어요.

8과 음식

● 써요 1

1

1) 김밥을 먹을래요.
2) 비빔밥을 먹을래요.
3) 불고기를 먹을래요.
4) 갈비탕을 먹을래요.
5) 김치찌개를 먹을래요.
6) 된장찌개를 먹을래요.
7) 냉면을 먹을래요.
8) 떡볶이를 먹을래요.

2

1) 달아요.
2) 셔요.
3) 써요.
4) 매워요.
5) 싱거워요.

3

1) 한국어를 공부하세요.
2) 책을 읽으세요.
3) 음악을 들으세요.
4) 물을 드세요.
5) 삼계탕을 주세요.

9과 휴일

● 써요 1

1

1) 연휴가 17일부터 19일까지예요.
2) 휴가가 7일부터 10일까지예요.
3) 방학이 9월 25일부터 10월 3일까지예요.

2

1) 주말에 빨래할 거예요.
2) 주말에 콘서트에 갈 거예요.
3) 주말에 집에서 쉴 거예요.
4) 주말에 춤을 배울 거예요.
5) 주말에 사진을 찍을 거예요.
6) 주말에 책을 읽을 거예요.
7) 주말에 음악을 들을 거예요.
8) 주말에 친구하고 놀 거예요.

3

1) 오늘 친구를 만나고 싶어요.
2) 다음 주말에 여행을 가고 싶어요.
3) 휴일에 고향 음식을 먹고 싶어요.
4) 연휴에 집에서 쉬고 싶어요.
5) 방학에 고향에 가고 싶어요.

10과 날씨와 계절

● 써요 1

1

1) 오늘 흐리고 바람이 불어요.
2) 어제 맑고 따뜻했어요.
3) 작년 겨울에 눈이 오고 추웠어요.

2

1) 밥을 못 먹었어요.
2) 스키를 못 탔어요.
3) (잠을) 못 잤어요.
4) 옷을 못 샀어요.
5) 음악을 못 들었어요.
6) 못 일어났어요.

7) 운동을 못 했어요.
8) 수영을 못 했어요.

3

1) 따뜻해서 봄을 좋아해요.
2) 꽃이 피어서 봄을 좋아해요.
3) 바다를 좋아해서 여름을 좋아해요.
4) 휴가가 있어서 여름을 좋아해요.
5) 시원해서 가을을 좋아해요.
6) 단풍이 예뻐서 가을을 좋아해요.
7) 눈이 와서 겨울을 좋아해요.

11과 담화 완성하기 ①

- 써요 1

1

1) 가, 에, 이
2) 가, 에서, 를
3) 이, 에서, 을
4) 에, 에서, 을, 이
5) 가, 에, 에
6) 가, 에, 를

2

1) 집이 좋아요. 집에 가요. 집에서 쉬어요. 아파요. 병원에 가요.
2) 게임이 재미없어요. 게임이 쉬워요. 친구 집에 가요. 친구 집에서 이야기해요.
3) 백화점에서 일해요. 휴대폰이 있어요. 휴대폰을 사요. 휴대폰이 예뻐요.

3

가, 에, 가, 에
이, 이
에서, 를
에, 에서, 을

12과 담화 완성하기 ②

- 써요 1

2

1) 그리고
2) 그래서
3) 그러면
4) 그래서
5) 그렇지만
6) 그러면
7) 그리고
8) 그런데
9) 그래서
10) 그런데

3

1) 쉬세요.
2) 한국에 왔어요.
3) 백화점은 비싸요.
4) 티브이가 없어요.
5) 선생님을 만났어요.

- 써요 2

2

1) 늦게
2) 조금
3) 일찍
4) 많이
5) 천천히
6) 빨리
7) 많이
8) 많이
9) 빨리
10) 천천히

3

1) 늦게
2) 빨리
3) 많이

듣기 지문

1과 인사

들어요 1

1) 남 안녕하세요? 이름이 무엇이에요?
   여 저는 김고은이에요.
2) 남 안녕하세요? 이름이 뭐예요?
   여 진 차오예요.
3) 남 저는 윌리엄 사이드입니다.
   여 만나서 반가워요, 윌리엄 씨.

1) 남 어느 나라 사람이에요?
   여 호주 사람이에요.
2) 여 중국 사람이에요?
   남 아니요, 일본 사람이에요.
3) 여 안녕하세요? 저는 김지아예요.
   남 안녕하세요? 저는 바트바야르예요. 몽골 사람이에요.

1) 남 직업이 뭐예요?
   여 회사원이에요.
2) 남 선생님이에요?
   여 아니요, 의사예요.
3) 여 학생이에요?
   남 네, 한국대학교 학생이에요.

들어요 2

남 안녕하세요? 저는 서준우예요.
여 안녕하세요? 준우 씨, 저는 흐엉이에요.
남 흐엉 씨는 어느 나라 사람이에요?
여 베트남 사람이에요. 만나서 반갑습니다.
남 네, 만나서 반가워요.

들어요 3

남 안녕하세요? 저는 가오이신이에요. 중국 사람이에요. 회사원이에요. 지금 한국 자동차에 다녀요. 만나서 반갑습니다.

더 들어요

여1 안녕하세요? 저는 정세진이에요. 한국어 선생님이에요.
이름이 뭐예요?
남 저는 고트라예요.
여2 저는 마리안이에요.
여1 어느 나라 사람이에요?
남 저는 인도 사람이에요.
여2 저는 캐나다에서 왔어요.

2과 일상생활 I

들어요 1

022

1) 남 무엇을 해요?
   여 먹어요.
2) 남 뭐 해요?
   여 일해요.
3) 여 읽어요?
   남 아니요, 써요.

023

1) 여 무엇이에요?
   남 빵이에요.
2) 남 뭐예요?
   여 커피예요.
3) 남 무엇을 사요?
   여 우산을 사요.
4) 여 무엇을 해요?
   남 음악을 들어요.

들어요 2

024

여 다니엘 씨, 오늘 무엇을 해요?
남 친구를 만나요.
여 친구하고 같이 무엇을 해요?
남 운동을 해요. 나쓰미 씨는 뭐 해요?
여 저는 옷을 사요.

들어요 3

025

여 무함마드 씨, 오늘 일해요?
남 아니요, 오늘 쉬어요.
두엔 씨는 오늘 뭐 해요?
여 한국어를 공부해요.
남 선생님하고 공부해요?
여 아니요, 친구하고 공부해요.

더 들어요

026

남 우리 반 친구들이에요. 카밀라 씨는 음악을 들어요. 웨이 씨는 운동해요. 무함마드 씨는 책을 읽어요. 두엔 씨는 친구하고 이야기해요. 다니엘 씨는 자요. 미아 씨는 빵을 먹어요.

3과 일상생활 II

들어요 1

032

1) 남 어때요?
   여 많아요.
2) 남 어때요?
   여 어려워요.
3) 여 맛있어요?
   남 네, 맛있어요.

033

1) 여 무엇이에요?
   남 가방이에요.
2) 남 무엇을 사요?
   여 시계를 사요.
3) 여 연필이에요?
   남 아니요, 볼펜이에요.

들어요 2

034

여 웨이 씨, 지금 한국어를 공부해요?
남 아니요, 지금 쉬어요.
여 한국어 공부가 어려워요?
남 네, 어려워요. 그렇지만 재미있어요.

들어요 3

035

여 이거 무함마드 씨 지갑이에요?

남 네.

여 지갑이 예뻐요.
이 지갑 비싸요?

남 네, 조금 비싸요.

더 들어요

036

여 여기는 우리 교실이에요. 교실이 커요. 교실에 책상이 많아요. 의자도 많아요. 그렇지만 책은 없어요. 교실에 선생님이 있어요. 친구도 있어요. 우리 선생님은 아주 재미있어요.

4과 장소

들어요 1

042

1) 남 어디에 가요?
여 카페에 가요.

2) 여 어디 가요?
남 약국에 가요.

3) 남 학교에 가요?
여 아니요, 식당에 가요.

4) 여 편의점에 가요?
남 네, 물을 사요.

043

1) 여 지금 무엇을 해요?
남 집에서 책을 읽어요.

2) 남 백화점에서 가방을 사요?
여 아니요, 옷을 사요.

3) 여 어디 가요?
남 공원에 가요.
여 공원에서 무엇을 해요?
남 운동해요.

4) 남 어디에서 친구를 만나요?
여 친구 집에서 만나요.
남 거기에서 무엇을 해요?
여 친구하고 게임을 해요.

들어요 2

044

남 안녕하세요, 샤오 씨.

여 아, 선생님, 안녕하세요.

남 샤오 씨, 지금 집에 가요?

여 아니요, 편의점에 가요.

남 거기에서 뭐 사요?

여 커피하고 과자를 사요. 선생님은 어디에 가요?

남 저는 집에 가요.

들어요 3

045

여 다니엘 씨, 오늘 정말 멋있어요. 회사에 가요?

남 아니요, 오늘은 일이 없어요.

여 그러면 어디에 가요?

남 오늘 친구가 한국에 와요. 그래서 공항에 가요.

여 아, 그래요? 친구도 독일 사람이에요?

남 아니요, 친구는 미국 사람이에요.

더 들어요

046

여 저는 여기를 좋아해요. 그래서 자주 가요. 저는 여기에서 게임을 해요. 라면을 먹어요. 그리고 커피도 마셔요. 사람들은 여기에서 일도 해요. 여기는 어디일까요?

5과 물건 사기

들어요 1

052

1) 남 치약이 있어요?
   여 네, 있어요.
2) 여 김밥 있어요?
   남 아니요, 지금 없어요.
3) 남 무엇을 드릴까요?
   여 비누 주세요.
4) 여 아저씨, 물 주세요.
   남 네, 여기 있어요.

053

1) 여 라면 몇 개 드릴까요?
   남 라면 다섯 개 주세요.
2) 남 뭘 드릴까요?
   여 계란 열 개 주세요.
3) 여 어서 오세요.
   남 치약 한 개하고 칫솔 세 개 주세요.
4) 남 뭘 드릴까요?
   여 이 빵 네 개하고 우유 두 개 주세요.

054

1) 남 얼마예요?
   여 천이백 원이에요.
2) 여 얼마예요?
   남 구천팔백 원이에요.
3) 남 이 가방 얼마예요?
   여 삼만 육천 원이에요.
4) 여 저 옷 얼마예요?
   남 칠만 오천 원이에요.

들어요 2

055

남 어서 오세요. 뭘 드릴까요?
여 우산 있어요?
남 네, 저기에 있어요.
여 이 우산은 얼마예요?
남 그건 이만 원이에요.
여 이만 원이요? 비싸요. 저 우산은 얼마예요?
남 그건 구천 원이에요.
여 네, 좋아요. 저걸로 두 개 주세요.
남 네, 모두 만 팔천 원입니다.

들어요 3

여 어서 오세요. 뭘 드릴까요?
남 샴푸 한 개하고 휴지 세 개 주세요.
여 네, 여기 있어요.
남 그리고 아이스크림도 주세요.
여 죄송합니다. 지금 아이스크림이 없어요.
남 그래요? 그럼 초콜릿 한 개 주세요.
여 네, 알겠습니다.
남 이거 모두 얼마예요?
여 만 오천오백 원이에요.

더 들어요

여 오늘 친구들이 집에 와요. 모두 네 명 와요. 그래서 편의점에 가요. 주스 두 병, 콜라 한 병을 사요. 과자도 세 개 사요. 우리는 모두 커피를 좋아해요. 그래서 커피는 다섯 잔 사요.

6과 하루 일과

들어요 1

1) 남 지금 몇 시예요?
   여 아홉 시 삼십오 분이에요.
2) 남 몇 시에 수업이 끝나요?
   여 열한 시 오십 분에 끝나요.

3) 여 영화가 언제 시작돼요?
남 여덟 시에 시작돼요.

1) 여 오늘이 며칠이에요?
남 오월 십육 일이에요.
2) 남 생일이 언제예요?
여 유월 이십칠 일이에요.
3) 여 칠월 이십 일에 와요?
남 아니요, 이십일 일에 와요.

1) 남 오늘이 무슨 요일이에요?
여 수요일이에요.
2) 남 학교에 언제 가요?
여 월요일에 가요.
3) 여 일요일에 뭐 해요?
남 집에서 쉬어요.

들어요 2

여 보통 오전에 뭐 해요?
남 학교에 가요. 학교에서 한국어를 공부해요.
여 그럼 점심은 몇 시에 먹어요?
남 한 시에 먹어요.
여 오후에는 뭐 해요?
남 친구하고 카페에 가요. 그리고 다섯 시쯤 집에 와요.

들어요 3

여 저는 아침 일곱 시에 일어나요. 샤워를 하고 아침을 먹어요. 그리고 여덟 시에 회사에 가요. 오후 여섯 시에 퇴근해요. 점심은 회사에서 먹어요. 저녁은 친구하고 같이 회사 근처에서 먹어요. 집에 아홉 시에 와요.

더 들어요

여 직업이 뭐예요?
남 의사예요. 한국 병원에서 일해요.
여 몇 시에 출근해요?
남 아홉 시 반에 출근해요. 열 시부터 오후 다섯 시까지 일해요.
여 저녁에는 뭐 해요?
남 보통 집에서 시간을 보내요.
가족하고 저녁을 먹고 아들하고 놀아요.

7과 한국 생활

들어요 1

1) 여 언제 한국에 왔어요?
남 일주일 전에 왔어요.
2) 여 내일 오전에 뭐 해요?
남 친구하고 쇼핑해요.
3) 남 언제 고향에 가요?
여 다음 달에 고향에 가요.
4) 남 어제 웨이 씨를 만났어요?
여 아니요, 지난주에 만났어요.

073

1) 남 주말에 뭐 했어요?
여 쇼핑하고 영화를 봤어요.
2) 여 지난주 토요일에 뭐 했어요?
남 오전에 티브이를 보고 오후에 친구를 만났어요.
3) 남 보통 수업이 끝나고 뭐 해요?
여 저녁을 먹고 한국어를 공부해요.
4) 여 어젯밤에 뭐 했어요?
남 샤워하고 잤어요.

들어요 2

074

남 레이 씨는 언제 한국에 왔어요?
여 올해 이월에 왔어요.
남 한국 생활이 어때요? 좋아요?
여 네, 정말 좋아요. 한국 친구도 많고 회사 일도 재밌어요.
남 아, 회사에 다녀요? 어느 회사에서 일해요?
여 게임 회사에서 일해요.
남 그러면 회사에서도 게임을 많이 해요?
여 네, 많이 해요. 그래서 집에서는 게임을 안 해요.

들어요 3

075

남 저는 삼 일 전에 한국에 왔어요. 한국 회사에 일이 있었어요. 그래서 그저께하고 어제는 회사에서 일을 했어요. 오늘은 일이 없었어요. 그래서 한국 친구를 만났어요. 같이 시장에 갔어요. 거기에서 한국 음식도 먹었어요. 재미있었어요.

더 들어요

여 오늘은 인기 가수 조이 씨를 만납니다. 조이 씨 안녕하세요?
남 네, 안녕하세요. 만나서 반갑습니다.
여 한국어를 잘하네요. 한국어 공부는 언제부터 했어요?
남 일 년 전에 시작했어요.
여 그런데 정말 한국어를 잘해요.
어제 콘서트에서도 한국어로 노래를 했지요?
남 네, 좀 어려웠어요. 제 노래를 들었어요? 어땠어요?
여 정말 좋았어요. 한국어도 정말 잘했어요.
남 고맙습니다.
여 조이 씨, 오늘도 콘서트가 있지요? 콘서트 잘하세요!

8과 음식

들어요 1

1) 남 맛이 어때요?
여 써요.
2) 여 이건 맛이 어때요?
남 달고 맛있어요.
3) 남 맛있어요?
여 조금 싱거워요.
4) 여 맛있었어요?
남 아니요, 너무 매웠어요.

083

1) 여 뭐 먹을래요?
남 저는 비빔밥을 먹을래요.
2) 여 저는 삼계탕을 먹을래요.
남 저는 갈비탕을 먹을래요.
3) 여 김밥을 먹을래요?
남 네, 그리고 라면도 먹을래요.
4) 여 뭘 드릴까요?
남 햄버거 하나하고 치킨 두 개 주세요.

들어요 2

084

남 카밀라 씨, 뭐 먹을래요?
여 여기는 뭐가 맛있어요?
남 된장찌개가 맛있어요.
여 된장찌개는 맛이 어때요?
남 조금 짜지만 맛있어요.
여 그럼 저는 된장찌개 먹을래요. 하준 씨도 된장찌개 먹을래요?
남 저는 어제 된장찌개를 먹었어요. 오늘은 비빔밥을 먹을래요.
여기요, 된장찌개하고 비빔밥 주세요.

들어요 3

남 두엔 씨는 무슨 음식을 좋아해요?

여 저는 치킨도 좋아하고 피자도 좋아해요.

남 그래요? 한국 음식은 안 좋아해요?

여 아니요, 좋아해요. 오늘 점심에도 순두부찌개를 먹었어요.
웨이 씨는 어때요? 한국 음식을 잘 먹어요?

남 네, 저도 한국 음식을 좋아해요.

여 김치도 잘 먹어요?

남 아, 김치는… 김치는 너무 매워요.

더 들어요

여 어서 오세요. 몇 분이세요?

남 한 명이에요.

여 여기 앉으세요. 주문하시겠어요?

남 네, 비빔밥 하나 주세요. 그런데 비빔밥에 고기가 들어가요?

여 네, 들어가요.

남 그럼 고기는 빼 주세요.

여 네, 알겠어요. 잠깐만 기다리세요.

9과 휴일

들어요 1

1) 여 오늘 학교에 안 가요?
남 네, 지금 방학이에요. 이 주일 후에 학교에 가요.

2) 여 휴가가 언제예요?
남 지난주가 휴가였어요. 오늘은 출근했어요.

3) 여 언제 고향에 가요?
남 내일 가요. 오늘부터 휴가예요.

1) 남 이번 주말에 뭐 할 거예요?
여 쇼핑할 거예요.

2) 남 내일 뭐 할 거예요?
여 사진을 찍고 싶어요. 그래서 한강에 갈 거예요.

3) 남 이번 휴일에 집에서 쉴 거예요?
여 아니요, 놀이공원에서 놀 거예요.

4) 남 방학에 여행을 갈 거예요?
여 아니요, 고향에 갈 거예요. 가족을 만나고 싶어요.

들어요 2

여 웨이 씨는 주말에 보통 뭘 해요?

남 저요? 주말에도 같아요.
한국어 공부하고 집에서 쉬어요. 재미없어요.

여 정말 재미없네요. 그럼 이번 주말에 같이 놀래요?

남 좋아요. 그런데 뭐 할 거예요?

여 영화관에서 영화를 볼래요?

남 음. 저도 영화를 좋아해요. 그렇지만 한국 영화는 어려워요.

여 그럼 중국 영화를 볼래요?

남 네, 좋아요.

들어요 3

여 현수 씨, 휴가 어땠어요?

남 정말 좋았어요. 구경도 많이 하고 그곳 요리도 배웠어요.

남 민지 씨는 휴가가 언제예요?

여 다음 주 화요일부터 일주일이에요.

남 민지 씨도 여행 갈 거예요?

여 아니요, 이번에는 집에 있을 거예요.
집에서 티브이도 보고 책도 읽을 거예요.
그리고 잠도 많이 자고 싶어요.

더 들어요

096

여 저는 한국 가수 '카이'를 정말 좋아해요. 작년에 처음 카이 노래를 들었어요. 카이는 노래도 잘하고 춤도 잘 추고 너무 멋있었어요. 저는 카이를 만나서 한국어로 이야기하고 싶어요. 그래서 한국어를 배웠어요. 다음 달에 휴가가 있어요. 그때 한국에서 카이 콘서트가 있어요. 저는 콘서트에 갈 거예요. 그리고 카이한테 '사랑해요' 말할 거예요.

10과 날씨와 계절

들어요 1

102

1) 여 여름에 보통 뭐 해요?
   남 바닷가에 가요.
2) 여 여기도 가을에 단풍이 들어요?
   남 네, 그래서 단풍 구경을 해요.
3) 남 어제 뭐 했어요?
   여 친구하고 같이 꽃구경을 했어요.
4) 남 지난 겨울에 눈이 많이 왔어요?
   여 네, 그래서 스키를 많이 탔어요.

103

1) 남 날씨가 어때요?
   여 더워요.
2) 여 바람이 불어요?
   남 네, 바람이 많이 불어요.
3) 여 어제 날씨가 좋았어요?
   남 아니요, 좀 흐렸어요.
4) 남 주말에 비가 왔어요?
   여 비는 안 오고 눈이 왔어요.

들어요 2

104

여 이번 연휴에 집에 있었어요?
남 아니요, 친구하고 제주도에 갔어요.
여 그랬어요? 서울은 그때 비가 많이 왔어요. 제주도 날씨는 어땠어요?
남 제주도에는 비 안 왔어요. 날씨 좋았어요.
여 그럼 바다에서 수영도 했어요?
남 바닷가에는 갔어요. 그렇지만 시간이 없어서 수영은 못 했어요.

들어요 3

105

여 와, 눈이 와요.
남 하리마 씨, 눈을 처음 봤어요?
여 아니요, 작년에 한국에 와서 그때 처음 봤어요.
남 하리마 씨 고향은 겨울에도 안 추워요?
여 네, 우리 고향은 더워요.
남 그럼 한국 날씨가 추워서 힘들어요?
여 아니요, 집하고 학교 모두 따뜻해서 괜찮아요.

더 들어요

106

남 한국 여름이 너무 더워요? 그러면 팥빙수 어때요? 팥빙수는 얼음이 있어서 시원해요. 그리고 달고 아주 맛있어요. 팥빙수는 친구하고 같이 먹으면 더 좋아요.

여 요즘 많이 추워요. 그렇죠? 겨울에 한국 사람은 호떡을 먹어요. 호떡은 싸고 맛있어요. 빵 안에 설탕이 있어서 정말 달아요. 호떡을 먹으면 따뜻하고 행복해요.

어휘 찾아보기 (단원별)

말하기 1

읽으세요, 쓰세요, 들으세요, 이야기하세요, 책을 펴세요, 칠판을 보세요, 따라 하세요, 대답하세요, 친구하고 질문하고 대답하세요, 질문 있어요?, 네, 있어요, 아니요, 없어요

말하기 2

안녕하세요?, 안녕히 계세요, 안녕히 가세요, 도와줄까요?, 고마워요, 미안해요, 괜찮아요, 처음 뵙겠습니다, 만나서 반갑습니다, 안녕히 주무셨어요?, 안녕히 주무세요, 잘 먹겠습니다, 사랑해요

말하기 3

- **나라**

캐나다, 우즈베키스탄, 인도네시아, 페루

- **직업**

경찰, 요리사, 주부, 배우

말하기 5

- **사람 지칭어**

사람, 남자, 여자, 아이

- **새 단어**

맞다, 딸

말하기 8

- **단위 명사**

명, 마리, 병, 잔, 권, 살

말하기 9

- **위치**

위, 아래/밑, 앞, 뒤, 옆, 안, 밖, 왼쪽, 오른쪽, 사이

- **새 단어**

탁자, 건물

말하기 10

- **물건**

문, 창문, 사진, 달력, 화장품, 수건, 냉장고, 세탁기, 에어컨, 선풍기, 침대, 옷장, 책장, 탁자, 거울

말하기 11

- **월**

1월, 2월 … 6월(유월) … 10월(시월) … 12월

- **일**

1일, 2일 … 16일 … 20일 … 30일, 31일

- **요일**

월요일, 화요일, 수요일, 목요일, 금요일, 토요일, 일요일

• 연도

1999년, 2000년 ··· 2019년 ··· 2025년 ··· 2033년, 작년, 올해, 내년

• 새 단어

생일

말하기 12

• 가족

할아버지, 할머니, 부모님, 아버지, 어머니, 형, 누나, 오빠, 언니, 남동생, 여동생, 형제
남편, 아내, 아들, 딸, 자녀

말하기 13

• 느낌

좋다, 힘들다, 피곤하다, 심심하다, 외롭다

• 새 단어

때

말하기 14

• 음료

따뜻한 아메리카노, 아이스 아메리카노, 카페라테, 오렌지 주스, 딸기 주스, 핫초코, 녹차, 홍차

말하기 16

• 약속

약속을 하다, 시간이 있다, 시간이 없다, 약속이 있다, 약속이 없다, 괜찮다, 일이 있다, 바쁘다

말하기 17

• 교통수단

버스, 지하철, 택시, 차, 자전거, 오토바이, 걸어서 가다/걸어서 오다, 기차/KTX, 고속버스, 배, 비행기

말하기 18

• 새 단어

아마, 시험

읽기 2

• 새 단어

사람

읽기 3

• 새 단어

같이

읽기 6

• 새 단어

부터, 까지, 가족, 늦게, 쯤

읽기 7

• 새 단어

고향, 외국인

읽기 8

• **새 단어**

근처

읽기 9

• **새 단어**

피곤하다

읽기 10

• **새 단어**

하늘

쓰기 12

그리고, 그렇지만, 그래서, 그러면, 그런데, 조금, 많이, 일찍, 늦게, 빨리, 천천히

어휘 찾아보기 (가나다순)

ㄱ

ㄴ

ㄷ

ㅁ

ㅂ

ㅋ

ㅌ

ㅍ

ㅎ

문법 찾아보기

말하기 3

나라 + 에서 왔어요

- 국적이나 출신 지역을 나타낸다.
  表示國籍或出身地區。

  가 어느 나라에서 왔어요?
  나 저는 인도에서 왔어요.

말하기 5

의

말하기 9

사람/물건 이/가 장소 에 있다/없다

- 사람이나 물건이 어디에 위치하는지를 나타낸다.
  表示人或事物位於何處。

  가 웨이 씨가 어디에 있어요?
  나 카페에 있어요.

말하기 13

시간 부터 동/형 [-았어요]

- 어떤 일이나 상태가 언제 시작되었는지를 나타낸다.
  表示某件事或某種狀態開始於何時。

  가 언제부터 한국어를 공부했어요?
  나 3월부터 한국어를 공부했어요.

말하기 16

동사 [-(으)ㄹ까요?]

- 같이 할 것을 제안할 때 사용한다.
  提議一起做某事時使用。

  가 이번 주말에 영화 볼까요?
  나 네, 좋아요.

동사 [-아요]

- 같이 할 것을 제안할 때 사용한다.
  提議一起做某事時使用。

  가 이번 주말에 같이 공부해요.
  나 네, 좋아요. 어디에서 할까요?

명사 은/는 어때요?

- 좋은지 싫은지 물을 때 사용한다.
  詢問是否喜歡、是否願意時使用。

  가 이 영화는 어때요?
  나 이건 지난주에 봤어요. 저 영화를 봐요.

말하기 17

장소 에 교통수단 을/를 타고 가다

- 목적지까지의 이동 방법을 나타낸다.
  表示至目的地的移動方式。

  가 학교에 뭘 타고 가요?
  나 저는 학교에 자전거를 타고 가요.

장소 에서 장소 까지 교통수단 을/를 타고 가다

- 출발지에서 목적지까지의 이동 방법을 나타낸다.
  表示從出發地到目的地的移動方式。

  가 집에서 회사까지 무엇을 타고 가요?
  나 집에서 회사까지 지하철을 타고 가요.

교통수단 으로 얼마나 걸리다

- 이동 방법과 이동 시간을 나타낸다.
  表示移動方式和移動時間。

  가 집에서 학교까지 자전거로 얼마나 걸려요?
  나 자전거로 10분쯤 걸려요.

말하기 18

동/형 [-(으)ㄹ까요?] 

- 어떻게 추측하는지 물을 때 사용한다.
  詢問如何推測時使用。

  가 이 영화 재미있을까요?
  나 사람들이 많이 봐요. 재미있을 거예요.

동/형 [-(으)ㄹ 거예요] 

- 어떤 사실에 대한 추측을 나타낸다.
  表示對某種事實的猜測。

  가 내일도 비가 올까요?
  나 내일은 비가 안 올 거예요.

國家圖書館出版品預行編目資料

新高麗大學有趣的韓國語1 / 高麗大學韓國語中心編著；
朴炳善、陳慶智翻譯、中文審訂
-- 初版 -- 臺北市：瑞蘭國際, 2022.07
276面；21.5×27.5公分 --（外語學習系列；107）
譯自：고려대 재미있는 한국어
ISBN：978-986-5560-72-0（平裝）
1.CST：韓語 2.CST：讀本

803.28 111005700

外語學習系列 107

新高麗大學有趣的韓國語 ❶

編著｜高麗大學韓國語中心
翻譯、中文審訂｜朴炳善、陳慶智
責任編輯｜潘治婷、王愿琦
校對｜朴炳善、陳慶智、潘治婷

內文排版｜陳如琪

瑞蘭國際出版
董事長｜張暖彗 ・ 社長兼總編輯｜王愿琦
編輯部
副總編輯｜葉仲芸 ・ 主編｜潘治婷
設計部主任｜陳如琪
業務部
經理｜楊米琪 ・ 主任｜林湲洵 ・ 組長｜張毓庭

出版社｜瑞蘭國際有限公司 ・ 地址｜台北市大安區安和路一段 104 號 7 樓之一
電話｜ (02)2700-4625・ 傳真｜ (02)2700-4622・ 訂購專線｜ (02)2700-4625
劃撥帳號｜ 19914152 瑞蘭國際有限公司
瑞蘭國際網路書城｜ www.genki-japan.com.tw

法律顧問｜海灣國際法律事務所　呂錦峯律師

總經銷｜聯合發行股份有限公司 ・ 電話｜ (02)2917-8022、2917-8042
傳真｜ (02)2915-6275、2915-7212・ 印刷｜科億印刷股份有限公司
出版日期｜ 2022 年 07 月初版 1 刷 ・ 定價｜ 650 元 ・ISBN ｜ 978-986-5560-72-0

KU Fun Korean 1

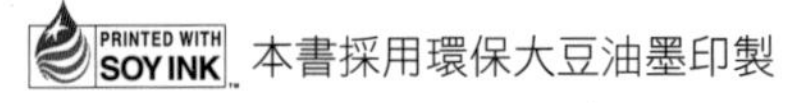

本書採用環保大豆油墨印製